10|18

12, avenue d'Italie — Paris XIIIe

Du même auteur
dans la collection 10/18

LE CAVALIER SUÉDOIS, n° 1964
LE JUDAS DE LÉONARD, n° 1965
LE TOUR DU CADRAN, n° 2159
SEIGNEUR, AYEZ PITIÉ DE MOI ! n° 2679

LE MIRACLE DU MANGUIER

Une histoire invraisemblable

PAR

LEO PERUTZ et
PAUL FRANK

Traduit de l'allemand
et postface de Jean-Jacques POLLET

10 18

« Domaine étranger »
dirigé par Jean-Claude Zylberstein

ALBIN MICHEL

Titre original :
Das Mangobaumwunder

ISBN 2-264-02305-8

Visite tardive

Le Dr Kircheisen, diplômé de la Faculté, célèbre toxicologue, s'apprêtait justement ce soir-là à partir pour un voyage préparé de longue date, qui devait lui permettre de prendre enfin quelque repos. Il se trouvait dans l'état d'excitation et de nervosité de quelqu'un qui, habitué au silence et au confort de sa chambre, doit se faire à l'idée de passer la nuit dans un compartiment de chemin de fer.

Il regarda l'horloge pour la sixième fois — elle marquait toujours sept heures moins le quart. Une nouvelle fois, il se mit à secouer, les uns après les autres, les tiroirs de son bureau : tous étaient fermés à clef. Il fouilla dans sa poche de veste, où il avait rangé son billet de train ainsi que son attestation de la Lloyd's : tous deux étaient bien à leur place. Il sortit son portefeuille et soumit son contenu à un examen minutieux : rien ne manquait.

— Dois-je mettre également les chaussures blanches ? cria la gouvernante depuis la pièce à côté.

— Bien sûr, Bettina ! répondit le docteur en passant dans sa chambre, surtout les chaussures blanches ! Quand on va comme moi vers le soleil ! Je plains sincèrement ceux qui doivent rester ici, à affronter le vent d'automne glacial qui souffle en ce moment dans les rues !

La gouvernante prit un à un tous les paquets soigneusement disposés sur le lit, chacun enveloppé de papier blanc, et les fit disparaître dans les profondeurs de la valise.

— Eh oui ! Le docteur a de la chance, fit-elle en soupirant.

— On dirait que vous n'êtes pas contente de me voir prendre quelques jours de repos, Bettina ! dit le docteur en riant.

— Je n'ai rien dit du tout ! protesta la vieille femme, le docteur a bien besoin d'un peu de vacances ! Il n'a pas quitté Vienne de l'été, à tout le temps étudier et écrire ! Il a une mine si pâle que cela fait pitié ! Mais je n'arrive pas à retenir l'endroit où va le docteur...

— A Corfou. C'est à environ une journée de voyage de Trieste.

— A une journée de Trieste ! Et combien de douzaines de mouchoirs dois-je mettre dans la valise ?

— Autant que vous voulez. Vous avez bien tout noté, Bettina ?

— Le docteur peut partir tranquille. Je me souviens de tout.

— Si un paquet arrive de la librairie...

— Je le prends et je demande un reçu.

— Et si quelqu'un demande mon adresse ?

— Je la trouverai sur votre agenda.

— Je ne manquerai pas de vous écrire, à vous aussi, Bettina.

— J'allais vous le demander ! Des cartes postales en couleurs, si le docteur y pense.

— Je fais encore un saut au café, en bas. Commandez-moi la voiture pour dix heures. J'aurai encore très largement le temps. La gare est à peine à dix minutes.

Juste à l'instant où le Dr Kircheisen s'apprêtait à mettre son chapeau, la sonnette retentit dans l'antichambre. Un coup de sonnette violent, impatient. Puis, à nouveau, le silence.

— Qui cela peut-il être? demanda le Dr Kircheisen.

— Si le docteur le désire, je peux dire que le docteur est parti depuis dix minutes...

— Non, allez simplement voir qui est là. De toute façon, je ne me laisserai pas mettre en retard.

La gouvernante sortit de la pièce. Le Dr Kircheisen tendit l'oreille. Il écouta le bruit de la porte qui s'ouvrait puis se refermait. Bettina disait bonjour à quelqu'un. Une voix d'homme lui répondit; il crut entendre son nom. Mais déjà Bettina était sur le seuil et annonçait :

— Monsieur l'architecte!

Avant qu'elle ait eu le temps de s'écarter, elle fut repoussée par un jeune homme qui fit irruption dans la pièce.

— C'est toi, Fritz? s'étonna le Dr Kircheisen, qui avait déjà dit au revoir à son ami vers midi.

— Ce maudit téléphone! fit celui-ci, voilà une demi-heure que j'essaye de t'appeler! Dix fois de suite! J'ai houspillé l'opératrice, invectivé le contrôleur, en vain! Il n'y avait pas moyen d'avoir la ligne!

— Je veux bien te croire! répondit en riant le médecin, j'avais besoin qu'on ne me dérange pas pendant que je faisais mes bagages. Je voulais être tranquille. C'est la raison pour laquelle j'ai débranché mon téléphone.

— Voilà une idée vraiment sympathique! C'est précisément dans les cas d'urgence que les gens ne supportent plus la sonnerie du téléphone!

— Qu'y a-t-il donc de si urgent?

— Il faut que tu viennes tout de suite visiter un malade!

— Tu ne parles pas sérieusement? Mon train part dans trois heures. Et de plus, je ne suis pas praticien. Depuis quand est-ce que je fais des visites? Tu aurais mieux fait de t'adresser à l'un des cinq mille autres médecins qui exercent sur la place de Vienne; tu as frappé à la mauvaise porte.

— A la seule bonne porte, au contraire ! Tu es toxicologue, et il s'agit d'un cas d'empoisonnement, et même probablement d'un cas excessivement grave.

— Dans ta famille ?

— Non. C'est le baron Vogh qui s'est adressé à moi.

— Le baron Vogh ? Qui est-ce ? demanda le Dr Kircheisen.

— Tu ne connais pas le baron Vogh ? Le grand sportif, le célèbre alpiniste ! Tu as forcément déjà entendu parler de lui !

— Cela se peut. Je crois en effet me souvenir.

— Je lui ai construit sa maison de campagne, à Hietzing, l'année dernière. Je t'en avais montré les plans.

— Tu as raison. Qu'est-ce qui est arrivé au baron ?

— Je ne sais pas. Il m'a appelé au téléphone il y a environ une demi-heure, a aussitôt évoqué ton nom en me priant de t'avertir sur-le-champ. Apparemment, il sait que nous sommes amis. Il semble attacher une très grande importance à ton intervention et j'ai pris sur moi de t'aller chercher.

A cet instant la sonnerie du téléphone, que Bettina avait entre-temps rebranché, retentit dans la pièce voisine. Le Dr Kircheisen se précipita et décrocha le combiné.

— Bonsoir, monsieur le baron ! Oui, ici le Dr Kircheisen, l'entendit répondre l'architecte, c'est exact, mon ami est justement auprès de moi... Non, absolument pas ! Il ne m'a encore rien dit. Est-ce que vous ne pourriez pas... En quelques mots, tout au moins ! Vous m'avez envoyé une automobile ? Parfait ! Espérons qu'elle ne mettra pas trop de temps... Ainsi, il s'agit d'un empoisonnement ? Quelle sorte de poison ? Oui, oui... certes, j'arrive, mais...

« Il a raccroché, dit le médecin d'un air fâché. Mais pourquoi ne m'a-t-il pas donné le moindre renseignement, pour me préciser s'il s'agit d'un accident ou d'une tentative de suicide ? Il ne m'a même pas dit, surtout, de qui il s'agit...

— Peut-être est-il arrivé quelque chose à la jeune demoiselle, sa petite fille. C'est même très probable, car il semble véritablement très affecté, reprit l'architecte.

— Il va falloir que je rouvre mon bureau ! soupira le Dr Kircheisen, Bettina ! Ma sacoche noire !

Il mit à peine quelques secondes à réunir un trousseau d'épingles, de pinces, de ciseaux argentés qui disparurent en cliquetant au fond de son sac ; il prit aussi plusieurs éprouvettes, les glissa dans un étui qu'il enfouit également dans la sacoche de cuir.

— Je suis prêt, l'auto peut arriver, dit-il en regardant l'horloge. Il m'a envoyé chercher en voiture par son domestique. Sept heures un quart ! Et mon train qui part à dix heures vingt et une ! Il n'y a pas beaucoup d'espoir que je l'attrape ! A propos, comment as-tu fait la connaissance du baron ?

— En montagne. Je l'ai rencontré pour la première fois il y a deux ans, dans un passage très difficile de la face nord du Planspitze. J'avais présumé de mes forces, je n'arrivais plus ni à progresser ni même à retourner en arrière, j'étais complètement démoralisé. C'est à ce moment-là qu'il m'a rejoint et encordé à lui pour me hisser jusqu'au sommet. Il m'a certainement sauvé la vie. Des muscles d'acier, une force, une énergie hors du commun — tu verras, il est impressionnant. Il accomplit en montagne des choses tout à fait extraordinaires. Ses amis l'ont surnommé « le baron fou ».

— Tu es pourtant toi-même un alpiniste de tout premier ordre ! coupa le Dr Kircheisen.

— Un enfant, à côté du baron Vogh ! Il n'y a absolument aucune comparaison. Si cela t'intéresse, je peux t'apporter le compte rendu de l'une de ses « premières ». Je lui suis d'ailleurs redevable également sur un autre plan, puisque c'est à moi qu'il a confié la construction de sa villa de Hietzing.

— Le baron est sans doute très riche ?

— L'argent ne compte pas, pour lui. Quand tu verras le parc... et la superbe serre que je lui ai construite — entièrement dans le style d'un temple indien ! Il ne passe cependant jamais plus de trois mois par an à Vienne ; le reste du temps, il est en voyage. Aux Indes, en Afrique du Sud, dans la cordillère des Andes. Il est rentré d'Angleterre il y a environ deux semaines, où il a passé l'été... Mais dis-moi, que signifient tous ces paquets, là, sur la table ?

— Il faut encore que je mette tout cela dans ma valise, répondit le médecin, cinq cents feuilles de papier à lettres, avec les enveloppes ! Ma réserve de cigares, soixante-trois exactement, trois par jour ; je reste parti trois semaines, trois fois vingt et un, donc ! Tu comprends, je vais sur une île complètement isolée... ajouta le Dr Kircheisen en voyant le visage étonné de son ami.

— Tu sembles avoir une curieuse idée de Corfou, dit l'architecte. Tiens, voilà déjà le serviteur du baron !

Un petit homme aux cheveux blancs était entré dans la pièce, vêtu d'une livrée fermée par une double rangée de boutons d'argent rutilants. Le laquais salua en s'inclinant respectueusement.

— Vous venez de la part du baron Vogh ? demanda le Dr Kircheisen en enfilant prestement son manteau. Je suis au courant. Ne perdons pas de temps ! Vous me raconterez dans la voiture. Adieu, Fritz ! A bientôt ! Si je suis encore là demain, je t'appelle au téléphone.

Devant la maison attendait l'automobile, dans un bruit de pétarade. Une main sur le levier de vitesse, l'autre sur le volant, le chauffeur guettait le signal pour démarrer. Le médecin sauta dans la voiture, le vieux serviteur derrière lui.

— Vous êtes le valet de chambre du baron ? demanda le Dr Kircheisen lorsque l'automobile se fut ébranlée.

Le vieux acquiesça et boutonna le col de sa vareuse, à cause des bourrasques de vent qui lui cinglaient le visage.

— Vous savez naturellement de quoi il s'agit? demanda le médecin.

Le vieux serviteur leva les deux bras comme pour implorer le ciel.

— Racontez-moi en quelques mots ce qui est arrivé. Ou bien en détail, comme vous voulez, poursuivit le Dr Kircheisen, pour l'instant je sais seulement qu'il s'agit d'un empoisonnement, rien de plus !

Le laquais se découvrit brusquement, laissant échapper au vent quelques fines mèches de sa maigre chevelure blanche. Il garda son vieux chapeau noir élimé entre ses deux mains, le triturant de ses doigts fébriles.

— N'est-ce pas, docteur, que vous allez aider mon pauvre maître ? gémit-il.

Le médecin regarda pendant un moment les doigts tremblants du vieillard qui maltraitaient le chapeau.

— Bien sûr que je vais l'aider ! Mais je voudrais surtout savoir ce qui est arrivé et à qui cela est arrivé. Sans doute au baron lui-même ?

— Un accident, docteur ! Un terrible accident !

— Quelle sorte d'accident ?

— Je n'ai jamais rien vu de pareil. Et pourtant, j'en ai vu beaucoup, à soixante-neuf ans, vous pouvez me croire !

— Je crois tout ce que vous voulez ! Mais au lieu de me raconter votre vie, parlez-moi plutôt de cet épisode bien précis !

— Si quelqu'un m'avait dit qu'une chose pareille était possible ! Et il faut justement que cela arrive à mon maître, à ce bon monsieur le baron ! Je vous le dis, docteur, il n'y a pas meilleur maître que lui, sur toute la terre ! Et la pauvre baronne ! Quel malheur ! Quel malheur !

« Je sais au moins maintenant qu'il s'agit du baron lui-même ou éventuellement de sa fille, songea le médecin. Je n'en apprendrai pas davantage du serviteur. Le vieil homme paraît complètement perturbé. L'événement l'a visiblement bouleversé, c'est plus qu'il ne pouvait supporter. A voir le désarroi du serviteur, on peut en tout cas conclure qu'il s'agit de quelque chose de grave. On ne doit plus maintenant être très loin, nous avons passé la gare ouest, encore quelques minutes de patience et je serai fixé... »

Le médecin se renversa dans son siège et ferma les yeux. Le frontispice du livre qu'il avait lu ces jours derniers surgit à sa mémoire. Au-dessus du titre en fins caractères — *Recherches botaniques sur les îles Ioniennes,* Paris 1879 — il y avait une petite gravure représentant un promontoire s'avançant loin dans la mer et couronné par un castel. Au loin se dressait un clocher. Le médecin eut l'impression que la voiture dans laquelle il se trouvait le conduisait là-bas à une vitesse accélérée... « Peut-être pourrai-je encore attraper le train de nuit », songea-t-il. Il ouvrit les yeux et se pencha à la fenêtre. La voiture filait sur une large allée toute droite, bordée de chaque côté par des grilles ou des murs recouverts de place en place de feuillages aux formes et aux couleurs variées. La flamme jaune verdâtre d'un réverbère surgissait, à intervalles réguliers, de l'obscurité. Le vieux serviteur, jusqu'à présent prostré sur son siège, sortit soudain de sa léthargie. Il se redressa, se pencha à la fenêtre pour scruter l'obscurité et tapa du doigt sur l'épaule du chauffeur devant lui. L'automobile ralentit, puis s'arrêta quelques instants après devant un grand portail baroque, encadré de chaque côté, le long de la route, par une grille de fer forgé de plus de deux mètres de haut. Une lampe à arc électrique, se balançant au vent, répandait une douce lumière. Le médecin prit sa sacoche et descendit de la voiture. Un homme sortit du jardin, s'avança vers le chauffeur et s'appliqua à extraire de la bourse qu'il tenait à la main le nombre de pièces de monnaie demandé.

C'était un vieux monsieur, avec une longue et maigre silhouette. Il était vêtu d'un costume de homespun brun

— le médecin remarqua aussitôt que celui-ci était bien trop grand pour lui, qu'il flottait littéralement autour de son corps fluet. Son visage était hâlé par le soleil, sa peau tannée comme du cuir, sillonnée de plis et de rides. Il avait des cheveux presque tout gris, encore remarquablement épais, de grands yeux gris clair sous des sourcils broussailleux. Ses doigts étaient agités de tremblements incessants, tandis qu'ils fouillaient dans le porte-monnaie. Il réunit enfin les pièces et les tendit au chauffeur qui remercia en portant la main à sa casquette, fit faire un brusque demi-tour à la voiture et repartit à pleine vitesse.

Le vieux monsieur, appuyé sur sa canne, s'avança vers le médecin et lui tendit les deux mains.

— Docteur Kircheisen ? demanda-t-il. Dieu soit loué, vous êtes là !

Il avait la voix rauque et cassée ; lorsqu'il eut achevé sa phrase, il fut obligé de marquer un temps d'arrêt, pour reprendre sa respiration.

— Je me suis permis de vous appeler il y a une demi-heure... reprit-il.

Le Dr Kircheisen ne comprit pas tout de suite.

— Une demi-heure ? dit-il. J'avais cru parler au téléphone avec le baron lui-même.

— Je suis le baron Felix von Vogh, répondit le vieux monsieur en saisissant la main du médecin.

— Enchanté ! Vous êtes sans doute le père du célèbre alpiniste qui a sauvé la vie de mon ami sur le Planspitze ?

— Je n'ai pas de fils, docteur. Je suis le célèbre alpiniste dont vous parlez. Quant à l'épisode auquel vous faites allusion, votre ami a un peu exagéré...

« On peut dire effectivement qu'il a exagéré, songea le médecin, je m'étais représenté autrement " le baron fou " ! Comment avait-il dit, déjà ? Des muscles d'acier, une force, une énergie hors du commun... Une mauvaise plaisanterie, ou alors cette histoire de sauvetage en montagne doit remonter à de nombreuses années. Ce vieillard décrépit pourrait à peine grimper encore jusqu'au Kobenzl ou toute autre ferme-auberge de la Wienerwald... »

— Auriez-vous l'amabilité de bien vouloir me suivre? pria le baron. Philippe! cria-t-il ensuite au serviteur, ne t'éloigne pas, au cas où le docteur aurait besoin de quelque chose!

Philippe passa devant eux à pas pressés et s'engagea dans l'allée de jardin soigneusement entretenue, tapissée de petits graviers rouges. Le Dr Kircheisen regarda les ornements variés des parterres qui, telles de grandes ombres noires, se détachaient sur les pelouses baignées par le clair de lune. Derrière une haie d'arbustes sombre et impénétrable, il entendit le bruit d'eau d'une fontaine. Au loin, il aperçut la silhouette fantomatique, étrangement inquiétante, d'une bâtisse en forme de pagode; il s'agissait probablement de la serre indienne dont lui avait parlé l'architecte.

Ils étaient entre-temps arrivés devant la villa. Le médecin s'arrêta et se retourna vers son compagnon :

— Des propos de votre serviteur, j'ai cru comprendre que c'est à vous-même, monsieur le baron, qu'est arrivé l'accident...

— Absolument pas! Pas du tout! cria presque le baron, je vais tout à fait bien, je suis en parfaite santé!

— Dois-je en conclure qu'il s'agit de mademoiselle votre fille?

— Non, grâce au ciel, ma fille n'a rien!

— Mais votre serviteur m'a pourtant bien dit qu'il venait me chercher pour vous porter secours, à vous et à votre fille!

— C'est exact! Un grand malheur nous est arrivé! Un terrible malheur nous a frappés! reprit le baron à voix basse.

— Ne voulez-vous pas enfin me dire qui est malade

ici ? C'est quelqu'un de vos proches ? demanda, impatienté, le Dr Kircheisen.

Le baron lança au médecin un regard anxieux, indécis.

— Il s'agit... il s'agit de... hésita-t-il.

Il s'arrêta un instant, puis se fit violence et déclara en se redressant :

— Il s'agit de mon jardinier, docteur !

Le malade

Tout en parlant, ils avaient pénétré dans le vestibule de la villa, une vaste pièce voûtée dont la magnificence, aussitôt, séduisit et fascina le médecin. Les murs étaient lambrissés, jusqu'à hauteur d'homme, d'un bois sombre cannelé sur lequel s'élançaient des marbres finement veinés de rose et de noir, incrustés de mosaïques — longues silhouettes féminines aux mains chargées de guirlandes de roses. Aux quatre coins du plafond, des coupelles de verre serties d'argent, à fond galbé, diffusaient dans la pièce une douce lumière blanche. A l'arrière-plan, un escalier de quelques marches de marbre habillées d'un tapis vert sombre conduisait dans la pièce voisine.

Le Dr Kircheisen se tourna à nouveau vers le vieux monsieur :

— Qui donc, disiez-vous, est le malade ?

— Mon jardinier, répéta le baron.

— Monsieur le baron, fit le médecin, je crains qu'il ne s'agisse d'un malentendu. On vous a probablement mal renseigné sur mon compte. Cela fait des années que j'ai cessé d'exercer pour me consacrer exclusivement à mes recherches scientifiques. Dans la mesure où il s'agit de l'un de vos domestiques, il serait peut-être plus judicieux de le faire simplement transporter à l'hôpital. Cela serait en tout cas beaucoup moins onéreux pour vous! Je crois de mon devoir de vous rendre attentif à cet aspect des choses...

— Je sais cela, répondit calmement le baron, mais je n'en ai pas moins de sérieuses raisons de vous demander de vous occuper de ce cas.

— Mon temps est très précieux et de toute façon déjà pris, dans les prochaines semaines, par d'autres activités qui me tiennent particulièrement à cœur. En venant ici, j'ai cédé à la demande pressante de mon ami en supposant, comme lui, monsieur le baron, que vos jours, ou ceux d'un de vos proches, étaient en danger.

Le baron réfléchit un instant. Ils étaient arrivés devant la porte de la chambre du malade. Le baron s'écarta, fit entrer le médecin et dit ensuite, en fermant la porte derrière lui, sur un ton apparemment naturel :

— Je vous prie donc de bien vouloir considérer que ma propre vie dépend de la guérison de mon jardinier.

— Comment dois-je comprendre cela? Que voulez-vous dire par là? demanda, agacé, le médecin.

— Rien d'autre sinon que j'attache le plus grand prix à ce que vous vous occupiez personnellement de mon jardinier. Je saurai, n'en doutez pas, apprécier comme il se doit le sacrifice que vous faites pour moi de votre temps si précieux, répondit le baron.

Le médecin regarda autour de lui. Il se trouvait dans une pièce richement meublée, au centre de laquelle se dressait un grand lit à baldaquin dont les rideaux de damas vert étaient fermés.

— Voilà votre malade, dit le baron.

— C'est là la chambre de votre jardinier? s'étonna le médecin.

— Non... c'est ma chambre à moi. Je l'y ai fait transporter immédiatement après l'accident.

Le baron écarta les rideaux derrière lesquels le malade était allongé.

Le Dr Kircheisen, plus tard, devait s'en vouloir d'avoir alors été saisi d'un si violent effroi à la vue du jardinier. Mais il y avait de quoi ; l'on s'attend à découvrir un brave paysan de Basse-Autriche, un grand gaillard blond de Melk ou de Wiener Neustadt, et l'on se retrouve face à un visage de quelque race exotique, aux yeux profondément enfoncés dans les orbites, aux cheveux collés en longues mèches, avec une barbe noir corbeau, longue de presque un mètre et nouée au cou par un foulard.

— Ulam Singh est indien ! expliqua le baron en voyant le trouble du médecin. Je l'ai ramené avec moi depuis Agra, lors de mon dernier voyage en Orient.

— Mais pourquoi, au nom du ciel, lui avez-vous bâillonné la bouche ? demanda le Dr Kircheisen en montrant le bout d'étoffe collé sur les lèvres du jardinier.

Le baron sourit.

— Ce n'est pas moi qui l'ai fait, dit-il. Ulam Singh porte toujours ce mouchoir. Pour des raisons religieuses. Ulam Singh est un sadhu, une sorte de saint dans la religion hindouiste qui lui interdit de tuer le moindre animal, fût-ce le plus petit. Et c'est parce qu'il a peur, rien qu'en respirant, d'avaler ne serait-ce qu'un insecte microscopique qu'il porte toujours un mouchoir devant sa bouche.

Le médecin avait entre-temps approché une chaise et repoussé la couverture du lit. Il alla prendre la lampe électrique sur le bureau et la mit entre les mains du baron.

— Un peu plus haut, dit-il, si vous le voulez bien.

La lumière vacillait entre les mains tremblantes du vieil homme. Le médecin passa son bras sous le dos du malade et le releva doucement. Puis il lui prit le pouls, l'ausculta. Il tâta les articulations des poignets et des chevilles, examina les lèvres et la langue, sur lesquelles il releva de légères traces de mucosités sanguines. Il se redressa. Son regard parcourut le mur en face de lui, habillé d'un énorme tapis persan ornementé par des armes exotiques disposées en étoile. Il y avait là des sabres kabyles, des poignards du Caucase, des cimeterres persans, des couteaux malais, avec des lames aux courbes curieuses ou étrangement dentelées, certains dans des fourreaux dorés brodés de pierres précieuses, d'autres avec des pommeaux d'ivoire ornés d'émaux. Le centre de l'étoile était constitué par un faisceau de fléchettes.

— Est-ce vous qui collectionnez ces armes ? demanda le médecin. Croyez-vous que l'un de ces dangereux instruments ait pu être plongé dans quelque poison ?

— C'est tout à fait exclu. Je n'ai en tout cas jamais observé ce genre de choses.

— Ulam Singh avait-il à faire avec ces armes ? Leur entretien faisait-il partie de ses attributions ?

— Non, docteur. Ulam Singh ne toucherait jamais une arme. Sa religion le lui interdit. Il n'est d'ailleurs jamais entré dans cette pièce.

— Je suis véritablement devant une énigme. Jugez vous-même, monsieur le baron. On peut relever les symptômes suivants : mucosités sanguines, signes de paralysie partielle des extrémités ainsi que des organes respiratoires, coloration cyanosée des lèvres et de la langue, et surtout, ce qui est particulièrement caractéristique, absence totale de toute forme d'abcès. Tous ces symptômes permettent de conclure, sans hésitation, à un empoisonnement par le venin d'une race tout à fait spécifique de serpent, mais dont aucun spécimen, jusqu'à présent, n'est encore parvenu vivant en Europe.

— Et comment s'appelle ce serpent ? demanda le baron à voix basse, comme perdu dans ses pensées.

Le médecin avait ouvert sa trousse. Il sortit d'un petit étui noir une seringue miniature, au bout de laquelle il fixa une aiguille. Puis il saisit le bras du malade, enfonça l'aiguille dans la chair et appuya lentement sur le piston.

— Le nom de ce serpent est tik paluga, dit-il lorsqu'il eut fini l'injection.

— Tik paluga, répéta le baron avec un léger frisson.

— Je me dis évidemment que cette hypothèse n'est qu'une élucubration de ma part et qu'il faut trouver une meilleure explication. Personne n'a jamais encore réussi à ramener vivant un tik paluga sous nos latitudes. Nous ignorons l'exacte composition chimique de son venin. Il se pourrait que votre Indien ait été contaminé par un poison d'origine végétale, dont l'effet serait éventuellement comparable à celui d'une morsure de tik paluga.

— Non ! dit le baron à voix basse, votre diagnostic était exact.

— Comment cela, je vous prie ?

Le baron saisit le bras de l'Indien et désigna deux petits points rouges au-dessus du poignet.

— Regardez, murmura-t-il, c'est là qu'il l'a mordu.

— Qui ? s'écria le médecin, qui l'a mordu ?

— Le tik paluga, dit le baron d'une voix légèrement tremblante.

— Mais il est absolument inconcevable que cette race de serpents existe en Europe !

— Voulez-vous en voir un de vos yeux ? demanda le baron.

— C'est insensé ! C'est comme si j'attrapais la maladie du sommeil en me faisant piquer dans votre jardin par une mouche tsé-tsé ! reprit le médecin en secouant la tête.

Le baron devint pâle comme un linge.

— Mon Dieu ! Il y a aussi des mouches tsé-tsé à Ceylan ? balbutia-t-il.

— A Ceylan ? Évidemment : la *glossina sanderi*.

— Philippe ! hurla le baron complètement affolé, la baronne ne doit plus descendre dans le jardin !

— Qu'est-ce qui vous arrive, monsieur le baron ? Quelle folie vous prend-elle ? En vérité, la *glossina sanderi* de Ceylan n'est qu'une parente tout à fait anodine et absolument inoffensive de la mouche tsé-tsé africaine. Comment pourrait-elle d'ailleurs arriver dans votre jardin ?

— Philippe ! dit le baron d'une voix atone à son serviteur qui entrait à cet instant dans la pièce, va chercher la corbeille dans le fumoir, près de la cheminée !

Le vieux serviteur s'éloigna et revint quelques instants après avec une petite corbeille rectangulaire en rotin que, de peur et de dégoût, il portait à bout de bras.

Le baron souleva le couvercle.

— Voici la bête, dit-il, je l'ai tuée il y a une heure.

Le médecin plongea avec précaution la main à l'intérieur de la corbeille et en sortit le serpent mort. Il fit glisser habilement le corps de l'animal entre ses doigts, prit la tête dans le creux de sa main et examina la marque frontale. Puis il laissa retomber le serpent dans le panier.

— Incroyable ! dit-il, c'est vraiment un tik paluga ! Vous l'avez tué vous-même ? Aussitôt après qu'il eut mordu votre jardinier ?

Le baron acquiesça :

— Ulam Singh l'a ramené des Indes.

— On en apprend tous les jours ! reprit le Dr Kircheisen. Je pensais que Hagenbeck avait été le dernier à tenter l'expérience pour le compte du zoo de Berlin et que le dernier exemplaire survivant était mort pendant la traversée, dans la région de Messine. Il est vraiment extraordinaire que votre jardinier soit parvenu à maintenir en vie son tik paluga durant le voyage. Saviez-vous qu'il était en possession d'un animal si dangereux ?

— Je n'en avais pas la moindre idée il y a encore une heure, répondit le baron. Mais comment trouvez-vous l'état de votre patient ? Tout de suite après l'accident, je lui ai fait une piqûre de permanganate de potassium.

Le médecin avait entre-temps repris encore une fois le serpent dans sa main et l'examinait attentivement.

— Depuis combien de temps votre jardinier est-il à votre service dans cette maison ?

— Depuis un an et demi. Je suis revenu des Indes avec lui au printemps dernier.

— Vous dites ? interrompit le médecin en regardant le baron. Mais ce serpent n'a pas plus de trois mois ! Il est impossible qu'il l'ait ramené de son pays !

Le baron leva vers lui un regard empreint de trouble et de désarroi.

— Comment ce serpent est-il arrivé jusque chez vous ? demanda le médecin.

— Je ne sais pas, répondit le baron en passant sa main sur sa nuque, comme si les questions pressantes du médecin provoquaient chez lui une douleur physique.

Le Dr Kircheisen contemplait tour à tour le serpent et le baron, en hochant la tête.

— Ce n'est pas mon affaire après tout, dit-il finalement. En ce qui concerne l'état du patient, je suis en mesure, maintenant que je connais l'espèce et l'origine du venin, de vous décrire l'évolution probable de sa maladie.

— Alors ? Dites-moi, je vous en prie ! insista le baron.

— Son état actuel — coma léger et paralysie partielle — devrait encore durer entre trente-six et quarante-huit heures, peut-être un peu plus. Après environ quarante-huit heures...

— Il pourra se lever ? Quitter son lit ? s'écria le baron.

— ... devrait intervenir l'issue mortelle, à la suite d'une paralysie du muscle cardiaque... Mais, grand Dieu ! que se passe-t-il ?

La lampe électrique que le baron tenait entre ses mains venait de s'écraser par terre.

Il fit soudain complètement noir dans la pièce. Le Dr Kircheisen avança à tâtons dans l'obscurité jusqu'au mur et alluma d'un geste prompt le grand lustre central.

Le baron, pâle et tremblant, était appuyé sur un fauteuil, une main pressée sur sa poitrine.

— Que vous est-il arrivé, monsieur le baron ? demanda le médecin, plein de sollicitude.

— Rien de grave, dit le baron avec un sourire forcé, c'est la lampe qui m'a échappé... Est-il vraiment sûr qu'Ulam Singh va mourir ?

Le médecin haussa les épaules.

— N'y a-t-il aucun espoir ? N'existe-t-il aucun sérum contre ce genre de venin ?

— Je ferai tout ce qui est en mon pouvoir.

— J'ai absolument besoin d'Ulam Singh, dit le baron à voix basse, il faut que je le garde, il est irremplaçable pour moi.

— Irremplaçable ? Je comprends vos sentiments ; la mort de quelqu'un qui partage notre vie est toujours quelque chose de pénible. Mais « irremplaçable » est un bien grand mot, en l'occurrence. Vous finirez par lui trouver un successeur.

— Non ! s'écria le baron avec une soudaine violence, il n'a pas le droit de mourir ! Ma vie est finie, si jamais il meurt !

— Vous avez tendance, je crois, à exagérer. Ou y a-t-il davantage que de la commisération dans la part que vous prenez au sort de votre domestique ? Parlez-moi franchement, sans détour ! déclara le médecin d'un ton résolu.

Le baron passa lentement sa main sur son front humide.

— Excusez-moi, je dis des bêtises... reprit-il d'une voix basse et hésitante, excusez-moi... je suis encore sous le choc de l'émotion, je ne sais plus ce que je dis.

— Vous pouvez être sûr que j'emploierai tous les moyens pour maintenir le malade en vie... Puis-je vous demander maintenant de bien vouloir m'indiquer ma chambre ? Si possible à proximité de celle du malade, car je vais être obligé de renouveler peut-être trois ou quatre fois l'injection dans le courant de la nuit.

— Votre chambre est tout à côté, docteur. Cette porte, juste en face.

— Je vais auparavant téléphoner chez moi pour avertir ma gouvernante que je reste provisoirement ici et que je remets mon voyage à plus tard.

— Vous alliez partir en voyage ? Quelle chance j'ai eue de vous joindre ! Et où alliez-vous ?

— A Corfou. Le premier grand voyage de ma vie.

— Mais alors, si vous n'êtes jamais allé en Inde, d'où tenez-vous votre connaissance si étonnante de la faune indienne ?

Le baron s'efforçait maintenant d'adopter un ton plus enjoué et badin, comme s'il voulait dissiper l'impression que sa peur panique avait suscitée quelques instants auparavant.

— Dans les livres, reprit le Dr Kircheisen, dans les livres et les laboratoires. J'ai passé mon doctorat en zoologie et en botanique.

— Ainsi, c'est un voyage d'agrément que vous remettez à cause de moi ?

— Pas tout à fait. C'est en partie pour mes recherches que j'ai choisi Corfou. Il y a sur cette île une faune reptile très intéressante... Vous permettez, maintenant, que je me retire ?

Une autre surprise attendait encore ce soir-là le médecin. Il s'était déjà mis à l'aise dans sa chambre, avait parcouru le journal du soir, puis passé un petit moment à contempler les photographies de paysages alpestres qui ornaient les murs. Il se souvint alors du coup de téléphone qu'il devait donner et appuya sur le bouton de sonnette.

Il attendit quelques minutes, sans que personne vînt.

Il sonna une seconde fois. Rien ne bougea.

Le Dr Kircheisen commença à s'impatienter. Il arpenta la pièce plusieurs fois de long en large, puis sonna une troisième fois.

Aucun signe de vie. Le Dr Kircheisen s'acharna sur la sonnette. En vain. Personne ne semblait l'entendre.

Finalement, il sortit dans le couloir et appela.

C'est alors qu'enfin quelqu'un accourut, à petits pas traînants, sans avoir eu le temps de s'habiller ; au lieu d'un des domestiques de la maison, c'est le baron lui-même qui, hors d'haleine, se présenta devant le docteur.

— Excusez-moi, monsieur le baron ! Je suis vraiment désolé d'avoir troublé votre repos. J'ai vainement essayé de sonner la femme de chambre... Je voudrais simplement donner mon coup de téléphone.

— Philippe est déjà probablement en train de dormir, dit le baron qui n'arrivait pas à reprendre son souffle, je vais téléphoner pour vous.

— Ne vous donnez pas cette peine, monsieur le baron ! Pourquoi donc aucun autre domestique n'a-t-il répondu ?

— Je n'ai personne d'autre à la maison, dit le baron, embarrassé.

— Vous plaisantez ? Ce n'est quand même pas le vieux Philippe qui s'occupe à lui tout seul de cette grande maison ?

— Non, certes. Mais j'ai donné congé il y a deux heures aux autres domestiques. Je téléphone tout de suite. 17846, c'est bien votre numéro, n'est-ce pas ?... Bonne nuit, docteur.

La baronne

— Bonjour, monsieur le baron ! Je viens juste d'administrer la troisième injection au malade. Cela vous fera certainement plaisir d'apprendre que son état s'est amélioré.

Le baron, transporté de joie, serra vivement la main du docteur.

— Il va pouvoir se lever ? Peut-il déjà parler ?

— Non, il n'en est pas question. Mais il a passé une nuit relativement calme et les signes de paralysie se sont un peu estompés.

— Vraiment ? s'écria le baron en approchant du lit, Ulam Singh ! Tu m'entends ? Ulam Singh !

Le malade ne broncha pas. Il avait les yeux fixes, rivés au plafond, et le coin gauche de sa bouche pendait sur le côté. Il n'y avait rien, dans son visage, qui trahît le moindre signe de vie.

— Laissez-le, monsieur le baron, intervint le médecin, il ne peut pas vous entendre, il n'est pas conscient.

— Il ne m'entend pas, reprit le baron d'une voix morne, mais il va quand même mieux, n'est-ce pas ?

— Oui, un peu. Le venin du tik paluga a apparemment un effet beaucoup plus lent dans nos régions ; peut-être est-il d'ailleurs moins actif que sous les tropiques — ce serait une explication plausible. En tout état de cause, son état n'inspire pas d'inquiétude pour le moment.

— Pour le moment, répéta le baron très affligé, c'est peu, c'est bien peu...

— Après la nouvelle injection que je lui ai faite, il va avoir besoin maintenant d'un repos absolu, pendant quelques heures. Jusqu'à midi, au moins. A vous aussi, un peu de repos vous fera du bien... Vous semblez ne pas avoir beaucoup dormi, cette nuit, dit le médecin en scrutant le visage du vieil homme.

— Comment aurais-je pu dormir, après ce qui est arrivé ? Comment pourrais-je jamais retrouver le sommeil, avec tout ce qui nous attend si Ulam Singh vient à mourir...

Le Dr Kircheisen regarda attentivement le baron. Celui que l'on appelait « le baron fou » ne semblait véritablement pas aussi « fou » que cela, mais ressemblait au contraire à un conseiller de cour tout à fait convenable, portant sur ses épaules le poids de trente-cinq années de bons et loyaux services.

— Vous craignez des tracasseries de la part de la police, à cause du serpent... c'est bien cela, n'est-ce pas, qui vous inquiète ?

Le baron secoua la tête.

— Non, fit-il, ce n'est pas cela... Ou plutôt si, en partie, ajouta-t-il aussitôt. Croyez-vous, docteur, qu'il existe une possibilité pour qu'Ulam Singh puisse jamais se relever et se déplacer comme avant ?

— C'est...

Le docteur voulait dire : « exclu », mais il s'interrompit en voyant avec un étonnement croissant l'inexplicable émotion du vieil homme.

— Ce n'est pas absolument exclu, poursuivit-il, pour ne pas accroître l'émoi du baron.

— Pas absolument exclu, reprit le baron en détachant chaque mot, je comprends, docteur.

Il se mit à marcher lentement à travers la pièce et finalement s'arrêta, songeur, face au médecin.

— Promettez-moi une chose, docteur ! Promettez-moi, lorsque la fin sera proche, de ne rien me cacher ! Vous me préviendrez, n'est-ce pas, quelques heures auparavant ? Rien qu'une heure ?

— Si vous y tenez.

— Peut-être tout s'arrangera-t-il quand même, soupira le baron, si vous me prévenez à temps. Une heure avant. Cela suffira peut-être.

— Pour quoi faire ? demanda le médecin, pour quoi serait-il encore temps ?

— Il se pourrait, répondit le baron d'une voix lente, comme s'il pesait chaque mot, il se pourrait qu'Ulam Singh doive achever quelque chose d'absolument essentiel, avant de mourir.

— Quelque chose d'essentiel ? demanda le médecin, rendu à la fois curieux et méfiant. De quoi s'agit-il donc ?

— Je vous en prie, ne me posez pas de questions ! Il m'est très difficile d'en parler, dit le baron en passant sa main sur sa nuque, comme pour dissiper une douleur localisée à cet endroit.

— Comme vous voulez, fit le médecin, je n'ai absolument pas l'intention de m'immiscer dans votre vie privée.

Debout près de la fenêtre, il n'avait écouté le baron que d'une oreille distraite et lui avait répondu presque machinalement, tant son attention était captivée par le tableau étrange qui s'offrait à sa vue, en bas, dans le jardin.

Il n'y a en général rien d'extraordinaire à voir un enfant jouer au cerceau. Cela constitue sans doute un spectacle charmant, surtout lorsque les gestes de l'enfant sont gracieux et habiles ; mais ce n'est certes pas une raison suffisante pour demeurer littéralement fasciné et oublier tout ce qui se passe autour de vous, comme c'était le cas, à cet instant précis, pour le très honorable Dr Kircheisen. Mais le petit drôle en train de jouer au cerceau sur la terrasse, entre la villa et les pelouses, n'était justement pas un enfant, mais une jeune dame adulte. Une jeune femme jouant au cerceau ! Une personne grande et svelte, avec un visage aux traits fins et délicats et des cheveux blonds noués négligemment sur sa nuque. Un petit fox-terrier blanc gambadait à ses côtés. Oh ! Voici que le cerceau venait de tomber ! Comme elle était furieuse ! Comme elle tapait du pied de rage ! Elle paraissait s'adonner de tout son cœur à ce jeu enfantin. Déjà elle courait à nouveau derrière son cerceau. Quels membres délicats et gracieux ! Le cerceau était encore une fois tombé — comme elle semblait triste et désespérée ! C'était la faute de son petit fox-terrier, c'est lui qui l'avait renversé !

Le Dr Kircheisen, qui jusqu'à présent avait conservé tout le sérieux qui sied à un homme de science de quelque renom, ressentit soudain l'irrésistible envie de descendre dans le jardin pour se mêler au jeu de la jeune dame. « Voilà qui doit être fort amusant, se dit-il, et peut-être beaucoup plus varié qu'il n'en a l'air. Sans doute est-ce la dernière mode, dans le grand monde. De mon temps, les jeunes filles jouaient plutôt au tennis ou au croquet. Mais il faut bien vivre avec son époque ! »

— Cette jeune dame là-bas dans le jardin est sans doute votre fille ? demanda-t-il à l'adresse du baron.

— Cette... dame ? répéta le baron, distrait, en s'approchant de la fenêtre. Oui ! C'est bien ma fille Gretl !

Il s'interrompit soudain, fronça les sourcils et se mit à scruter le visage du baron.

— Vous connaissez ma fille ? fit-il à voix basse.

— Non... je n'ai malheureusement pas encore eu le plaisir de lui être présenté, répondit le Dr Kircheisen, comment aurais-je fait, d'ailleurs ? Je ne vais jamais nulle part, je vis entre mes quatre murs. Je sors rarement en société, je n'ai jamais assisté à un seul bal...

— Ma petite Gretl ! Voulez-vous dire qu'elle va au bal ? s'écria le baron en éclatant d'un petit rire rauque qui se transforma en une quinte de toux. Eh bien non ! Ma fille n'est encore jamais allée au bal, reprit-il, mais si nous allions déjeuner, docteur ?

— Ne vous dérangez pas pour moi, monsieur le baron, il faut encore que je contrôle la température du malade et que je fasse un brin de toilette. Je vous rejoindrai dans un instant.

— J'ai fait servir le déjeuner sur la terrasse, il fait une si belle journée, aujourd'hui ! Je vous attends là-bas, docteur !

Lorsque le Dr Kircheisen, une demi-heure plus tard, descendit sur la terrasse, le baron, assis dans un profond fauteuil de cuir face à une table garnie de coupes et de plateaux, se leva et vint à sa rencontre.

— Eh bien, fit-il, comment va mon pauvre jardinier ?

— Toujours pareil, répondit le médecin, la fièvre a un peu monté, mais il faut considérer qu'il s'agit de la température du matin.

Le baron le conduisit à la table. Le Dr Kircheisen promena son regard à la ronde, ravi par le spectacle des infinies nuances des feuillages d'automne dans le jardin. La serre, un petit bâtiment en forme de temple, paraissait certes un peu exotique dans ce cadre, mais dégageait néanmoins une impression paisible et n'avait plus rien de fantomatique. De l'endroit où il se trouvait, le médecin pouvait pour la première fois découvrir le parc dans toute son étendue et apprécier le soin apporté à l'entretien de chaque allée, de chaque massif. Devant la terrasse, le petit gravier méritait sans doute d'être ratissé — un léger désordre à mettre au compte du cerceau de la baronne. Le Dr Kircheisen scruta le parc tandis qu'un sourire passait sur son visage, au souvenir de cette scène.

— Je vous prie de bien vouloir accepter mes excuses si le petit déjeuner laisse aujourd'hui à désirer, dit le baron en faisant le geste de servir une tasse de thé au médecin.

Mais sa main tremblait si fort que le Dr Kircheisen lui prit doucement la théière des mains et se servit lui-même.

— C'est Philippe, reprit le baron, qui a préparé le déjeuner, je n'ai personne d'autre à la maison.

— Mais pourquoi avez-vous renvoyé tous vos gens ? demanda le médecin.

— Il le fallait ! répondit laconiquement le baron.

— Qu'ont-ils donc fait ?

Le baron parut embarrassé pour répondre et réfléchit un moment.

— Je ne les ai pas renvoyés. Ce sont eux qui ne voulaient pas rester. Je ne leur fais d'ailleurs aucun reproche. Depuis qu'un serpent rôde dans cette maison... Vous cherchez le sucre, docteur ? Philippe a dû l'oublier. J'ai l'habitude de prendre mon thé sans sucre : je trempe simplement dedans un biscuit, à la mode anglo-indienne — vous ne voulez pas essayer, docteur ?

Philippe apparut au bout de la terrasse et s'avança pour déposer sur la table un petit paquet de lettres et de journaux.

— Permettez-moi de jeter un coup d'œil sur le courrier, dit le baron en saisissant une lettre. Enfin ! Voici l'invitation promise depuis longtemps par le Touring Club ! On me demande de faire une conférence avec séance de projections sur ma dernière expédition au Tibet. Je vais malheureusement devoir décliner l'invitation, dans la mesure où mes diapositives du col d'Ibi-Gamin ne sont pas encore prêtes. Cela n'a pas été une mince affaire que l'ascension de ce col ! Savez-vous à quelle altitude il est situé ? 6 240 mètres ! C'est le col qui sépare le Garhwal du Tibet.

— J'en ai entendu parler... Vous avez dû être, dans votre jeunesse, un de nos alpinistes les plus intrépides et les plus talentueux, dit poliment le Dr Kircheisen.

— Dans ma jeunesse ! Effectivement, fit le baron dont le visage s'obscurcit soudain. C'est vrai, je faisais beaucoup d'escalades, j'aimais la montagne par-dessus tout... dans ma jeunesse. Les parois abruptes, les corniches étroites au flanc des murs lisses, les gorges et les puits, les crêtes éventées — je vais devoir chasser tout cela de ma mémoire ! Docteur, je n'y arrive pas, je ne peux pas !

— Mon Dieu, monsieur le baron, vous avez eu tout le loisir, au fil des années, de vous faire à cette nécessité. Votre peine devrait s'être estompée, avec le temps !

— Docteur ! Faites que je retrouve ma jeunesse ! Oh, si vous aviez ce pouvoir !

— Le vieux rêve de l'humanité ! répondit le Dr Kircheisen avec un sourire.

— Si vous aviez ce pouvoir ! répéta le baron à voix basse, les yeux fixés droit devant lui.

— Vous avez vécu plus intensément que tous ceux qui passent leurs jours entre les quatre murs de leur chambre ! Vous avez profité pleinement, jusqu'au bout, de votre jeunesse et aujourd'hui...

— Non ! s'écria le baron avec une virulence soudaine, pas jusqu'au bout ! Dieu sait que non !

— ... Et aujourd'hui, acheva le médecin en se levant de table, aujourd'hui vous devez vous accommoder du précepte qui commande de quitter la table sans regret lorsque le repas est fini. Il faut vous y faire... Tenez, voici votre fille, monsieur le baron.

Juste en face de l'endroit où se trouvait le médecin, il y avait sur le mur un miroir, légèrement incliné, dans lequel il pouvait apercevoir le parc ; c'est dans ce miroir qu'il vit la baronne arriver en courant vers la terrasse, son cerceau sur l'épaule.

— Où cela ? demanda le baron. Où voyez-vous Gretl ?

— Là, dans le miroir ! dit le médecin en faisant un geste vers le mur.

Le Dr Kircheisen, au cours des quelques heures qu'il

venait de passer dans la maison du baron, avait déjà pu observer bon nombre de détails curieux et troublants, mais la prochaine fantaisie du maître de céans allait être encore plus saugrenue que tout ce que l'on pouvait attendre de la part d'un vieil original.

— Mon Dieu, c'est vrai ! s'écria le baron avec effroi, je n'ai plus pensé à celui-là ! Vite, docteur, aidez-moi, il faut absolument enlever ce miroir !

Le Dr Kircheisen, avec un hochement de tête, saisit le miroir et essaya de le détacher du mur. Mais le miroir, trop lourd, restait solidement fixé à son crochet.

— Vite ! Vite ! s'écria le baron, elle monte déjà l'escalier !

— Qui donc ? dit le médecin.

— Gretl ! fit le baron. Vous n'y arrivez pas ? Attendez, où ai-je mis ma canne ? Je vais le casser.

Et avant que le médecin comprît ce qui se passait, le baron, du bout de sa canne, assenait un coup rageur sur le miroir qui vola en éclats.

— Voilà ! dit-il avec satisfaction lorsqu'il ne resta plus au mur que le cadre vide.

Puis il posa sa canne sur la table, reprit sa respiration :

— Je n'aime pas que Gretl se regarde dans un miroir. Elle est jolie et les jeunes filles sont facilement vaniteuses...

Le Dr Kircheisen, interdit, dévisagea le baron. C'est alors qu'il entendit la voix claire de Gretl, derrière son dos :

— Pauvre papa ! Un miroir cassé ! Sept ans de malheur ! Sept ans de malheur !

La baronne s'arrêta devant eux, ou plutôt sautilla sur place, d'un pied sur l'autre. Elle avait jeté son cerceau sur l'épaule, à la manière dont les soldats portent leur pèlerine roulée. Elle tenait entre ses mains quelque chose qui cliquetait — qu'est-ce que cela pouvait bien être ?

Maintenant qu'il l'avait en face de lui, le docteur pouvait constater que la baronne n'était plus aussi jeune qu'il l'avait supposé. Il lui avait donné vingt ans, alors qu'elle devait déjà avoir dépassé les vingt-quatre. Les premiers signes discrets de la maturité se lisaient sur son visage qui, de manière étrange, n'en paraissait que plus délicat et plus gracieux.

Le Dr Kircheisen s'inclina légèrement pour la saluer, mais la baronne ne le remarqua pas. Il répéta son salut, sans obtenir davantage qu'un regard furtif qui passa dans les grands yeux bleus de la jeune demoiselle.

C'est alors que la baronne posa sur la table l'objet bruyant qu'elle tenait entre ses mains. C'était une tirelire, comme le Dr Kircheisen en avait une lorsqu'il avait six ans, un petit cochon de terre cuite vernissée, avec une grande fente sur le dos.

— Papa, s'il te plaît, ma pièce! pria la baronne.

L'ombre d'un sourire passa sur les traits fatigués du baron. En gémissant sous l'effort que lui demandait ce simple geste, il sortit son porte-monnaie et tendit une pièce de monnaie à sa fille.

La baronne glissa celle-ci dans la fente du cochonnet et écouta le bruit qu'elle fit en tombant.

— Je dois en avoir assez, s'écria-t-elle soudain, je vais vérifier!

Et sans la moindre gêne, elle s'accroupit sur les dalles de verre de la véranda, comme si ce fût la chose la plus naturelle du monde qu'une jeune dame de vingt-quatre ans ne fût pas obligée de rester toujours en position assise ou debout mais pût, simplement pour varier, s'agenouiller de temps en temps sur le sol. Puis elle brisa sa tirelire et se mit à compter les pièces de monnaie.

« ... Quelle scène charmante, touchante de naïveté! Une gamine de vingt-quatre ans! » se dit le médecin en se tournant vers le baron.

— Puis-je vous demander de me présenter à la baronne?

Le baron le regarda un moment sans comprendre.

— Vous... présenter ? fit-il, ah oui, c'est vrai ! Gretl, voici le docteur qui est venu pour guérir notre pauvre Ulam Singh. Dis-lui bonjour !

Le Dr Kircheisen rajusta sa cravate, fit un pas en avant et s'inclina. Mais la baronne lui tendit simplement distraitement le bout de ses doigts et se remit aussitôt à compter ses pièces, sans lui prêter davantage attention.

« Je ne lui suis pas très sympathique, ou tout à fait indifférent, songea le Dr Kircheisen, mais cela n'est pas étonnant, d'ailleurs ! C'est une demoiselle qui est certainement très courtisée, adulée par les jeunes gens. Peut-être que si j'étais plus élégant... »

Le Dr Kircheisen était très contrit et un peu blessé dans son amour-propre.

— Hourra ! s'écria soudain la baronne, trente-six couronnes ! Dans quatre jours, je pourrai m'acheter la petite Hansi que j'ai vue dans la vitrine de la KärtnerStrasse, tu sais bien, papa !

Elle se releva d'un bond, saisit son cerceau et descendit en courant l'escalier ; sa jupe bleue vola bientôt sur le pré, tandis que Billy, le fox-terrier, la suivait en jappant.

— Cette Hansi, demanda le docteur qui ne pouvait détacher ses yeux de la baronne, c'est un petit chat, ou un petit chien ?

— Non, répondit le baron, c'est une poupée. Ma fille joue encore volontiers à la poupée.

Soupçon

— Monsieur ! annonça Philippe sur le seuil de la porte, il est neuf heures un quart, mademoiselle va bientôt arriver.

Le baron ne put réprimer un sursaut. Il se leva, saisit sa montre d'une main maladroite, regarda le serviteur.

— Qu'allons-nous faire, Philippe ? demanda-t-il.

Le serviteur haussa les épaules.

— Monsieur pourrait peut-être faire dire qu'il est absent ? Monsieur pourrait être parti pour une promenade à cheval ?

« S'il doit se trouver une excuse, songea le médecin, l'idée d'une promenade à cheval est vraiment mal choisie... Qui croirait ce vieil homme capable simplement de se hisser sur le dos d'un cheval ? Il a déjà toutes les peines du monde à se lever de son fauteuil. »

Le baron réfléchit pendant un court instant.

— C'est ma fiancée, dit-il en se tournant vers le médecin, elle vient toujours me chercher à peu près à cette heure-ci.

— Vous êtes fiancé ? fit le médecin en regardant le vieillard d'un air surpris.

— Vous ne le saviez pas ? répliqua le baron avec un sourire, alors vous ignorez naturellement de qui il s'agit.

Je suis fiancé avec Melitta Ziegler. Ce nom ne vous est certainement pas inconnu ?

— Cela me dit quelque chose, en effet. Mais là, sur le coup, je ne saurais dire...

— Melitta Ziegler ! La vedette du Burgtheater ! Vous la connaissez sûrement !

— Oui, naturellement, de réputation. Mais je ne la connais pas personnellement. Je n'ai jamais eu ce plaisir, je ne l'ai d'ailleurs jamais vue non plus sur scène — je ne vais jamais au théâtre. Aux variétés parfois, quand il y a des numéros de dressage qui m'intéressent.

— Vous allez faire la connaissance de ma fiancée dans quelques minutes... Il faut que je vous demande un grand service, docteur !

— Je suis à votre disposition, monsieur le baron !

— Je ne me sens pas aujourd'hui dans l'état non seulement psychologique, mais également — pour être tout à fait franc — physique de recevoir ma fiancée. Je vous serais reconnaissant si vous acceptiez de m'excuser auprès d'elle, en lui expliquant par exemple que j'ai eu un malaise...

« Évidemment, songea le médecin, d'habitude le vieil homme se teint probablement les cheveux pour paraître plus jeune et aujourd'hui, avec toutes ces émotions, il a oublié de le faire... Elle a sans doute la même coquetterie de son côté. Une vieille actrice qui se teint et se farde ! Chacun trompe l'autre... »

— Savez-vous ce qui serait encore mieux ? Dites-lui que j'ai fait une chute de cheval. Que je ne suis pas blessé, mais encore sous le choc. Voilà, c'est la meilleure solution ! Faites attention, docteur, à ne pas l'inquiéter ! Aucune blessure, un simple choc nerveux qui sera passé dans deux jours...

« Mais grand Dieu ! pensa aussitôt le médecin, elle va me rire au nez quand je vais lui raconter que ce vieillard décrépit est sorti à cheval ! »

— Si ma fiancée désire absolument me voir, conduisez-la, s'il vous plaît, dans mon bureau ! Mais accordez-lui tout au plus cinq minutes, en votre qualité de médecin... Oui, qu'y a-t-il, Philippe ?

— La voiture est devant le portail, monsieur le baron !

— Et où est Gretl ?

— La baronne est dans sa chambre.

— Va fermer la porte à clef ! La baronne ne doit pas quitter sa chambre tant que Mlle Ziegler est dans cette maison.

En voyant le regard étonné du médecin, il esquissa un sourire et poursuivit :

— Gretl et ma fiancée ne s'entendent pas très bien, pour l'instant en tout cas. J'espère que cela s'arrangera avec le temps. Allez, dépêche-toi, Philippe ! Nous sommes bien d'accord, docteur : il ne s'agit que d'un simple petit choc nerveux !

Le Dr Kircheisen descendit l'escalier d'un pas rapide, traversa le vestibule, s'engagea dans l'allée baignée par la lumière du soleil en direction du portail, devant lequel attendait déjà le dog-cart. Une jeune dame, grande et svelte, descendit à ce moment du siège du cocher et s'approcha du cheval, un superbe alezan au harnais argenté.

— Du sucre ! cria-t-elle au laquais.

Celui-ci tendit à sa maîtresse une petite boîte dont elle versa le contenu dans le creux de sa main. Tandis qu'elle donnait à grignoter au cheval, le Dr Kircheisen l'observa à loisir.

Bon sang ! Ce n'était pas du tout l'actrice vieillissante qu'il s'attendait à voir, mais bien au contraire une jeune créature pleine de vie, à peine plus âgée de deux ans que la baronne, dont elle allait devenir la belle-mère. Le Dr Kircheisen contemplait avec fascination ses superbes cheveux dorés dont quelques boucles, avec une sorte de coquetterie naturelle, dépassaient d'un chapeau à fleurs violettes, les traits fins de son visage, la courbe gracieuse du nez et ses grands yeux sombres.

« Et c'est cette ravissante créature qui doit épouser le baron ? Dans quel monde perverti vivons-nous ! Un vieillard décati avec une créature si épanouie, qui respire autant la joie de vivre ! Je n'arrive pas à comprendre ! Ou plutôt, la situation n'est que trop claire : d'un côté, un homme fortuné, riche à millions, de l'autre, une actrice ! Les jolies femmes ont besoin de robes, de bijoux... Le dog-cart, déjà, est révélateur. Si elle n'était pas la fiancée du baron, elle prendrait comme tout le monde le tramway pour aller à Hietzing... Et lui, combien dépense-t-il pour s'acheter les grâces de cette jeune femme si charmante ? Un marché, rien d'autre, où chacun croit trouver son compte et berner l'autre. Mais après tout, ceci ne me regarde pas, songeait le Dr Kircheisen, je n'ai qu'à remplir ma mission... »

L'actrice n'avait jusqu'à présent pas prêté attention au médecin. Après avoir fini de donner à manger au cheval, elle abandonna les rênes au laquais. C'est à ce moment que son regard tomba sur le Dr Kircheisen, qui s'inclina pour la saluer. Elle eut l'air étonné.

— Je vous prie de m'excuser, mademoiselle, si c'est moi qui vous reçois...

— Mais où est donc Félix... ? demanda-t-elle d'un ton impatient, où est le baron ?

— C'est justement... Permettez-moi de me présenter : Docteur Kircheisen... Je suis médecin.

— Melitta Ziegler, membre du Burgtheater.

— Très honoré, madame. Monsieur le baron m'a fait appeler...

— Juste ciel ! Il n'est rien arrivé, au moins ? s'écria la comédienne.

« Eh bien ! songea le médecin, elle est devenue toute pâle ! Elle semble tenir beaucoup à lui, ou alors elle joue étonnamment la comédie... »

— Ce n'est rien. Rien de grave, répondit-il.

La main de la comédienne agrippa son bras.

— Il lui est arrivé quelque chose ! s'écria Melitta Ziegler d'une voix étranglée. Il est malade ? Qu'est-ce qu'il a ? Répondez-moi, docteur !

— Un petit accident de cheval. Il est tombé de monture, reprit le médecin d'un ton hésitant, car le mensonge lui paraissait vraiment trop énorme et avait du mal à franchir ses lèvres.

Et pourtant, chose curieuse, Melitta Ziegler sembla le croire. Que ce vieillard cacochyme fût de toute évidence incapable de tenir en selle une seule seconde ne sembla pas lui effleurer l'esprit.

— Il est blessé ! Grièvement blessé ! articula-t-elle d'une voix tremblante.

— Pas du tout ! Il s'en est sorti absolument indemne ! reprit le médecin pour la rassurer aussitôt, il a simplement subi un léger choc nerveux...

Elle lâcha son bras, qui retomba mollement.

— Dieu soit loué ! murmura-t-elle en s'appuyant contre le portail, venez avec moi, docteur ! Je veux le voir. Comment l'accident est-il arrivé ?

« Mon Dieu, c'est vrai ! pensa le médecin. Comment cela a-t-il pu arriver ? Si je le savais ! Il faut pourtant que je trouve quelque chose... J'ai promis au baron... »

— Eh bien... hier soir, donc... commença-t-il lentement pour se laisser le temps de réfléchir à un scénario plausible, hier soir, donc, à l'entrée de l'allée principale, le réverbère de la rue n'était pas allumé...

— Voilà bien l'administration municipale, interrompit la comédienne, il n'y a qu'à Vienne que l'on voit des choses pareilles ! Il n'y a jamais rien qui va, ici !

— Je ne saurais vous relater exactement les circonstances de l'accident. Il semble que le cheval ait été effrayé par le coup de sonnette d'un cycliste. C'est celui-ci qui, en s'approchant, a retrouvé le baron allongé sur le sol, légèrement inconscient. Il s'est précipité dans le café le plus proche pour téléphoner à un médecin. Mais cela n'a pas été nécessaire, dans la mesure où je me trouvais moi-même dans ce café. Lorsque je suis arrivé sur place, monsieur le baron avait déjà repris ses esprits. Quelques égratignures et un léger choc nerveux, c'est tout ce que j'ai constaté chez lui. Demain, il pourra quitter sa chambre.

— Je vous en prie, conduisez-moi à son chevet. Il est dans sa chambre ?

— Non, dans son bureau. Mais je dois vous avertir que le malade a besoin d'un repos absolu.

— C'est donc qu'il a quelque chose de grave ! Il ne m'a pas demandée ? Pourquoi ne m'a-t-on pas téléphoné tout de suite, dès hier soir ?

— Cela n'était vraiment pas nécessaire. Il n'y avait aucune raison de vous inquiéter. Je vous assure, ce n'est rien de grave.

— Alors laissez-moi le voir !

— Certes, si cela peut vous rassurer. Je peux vous autoriser à lui parler cinq minutes, si vous me promettez de ne rien faire qui puisse provoquer une émotion et aggraver l'état de monsieur le baron.

— Bien sûr ! Je vous le promets, docteur.

Le Dr Kircheisen prit congé de l'actrice devant la porte du prétendu malade. Il désirait voir encore quelques instants son patient, afin de s'assurer qu'il pouvait s'absenter une heure ou deux pour chercher quelques affaires chez lui. Il s'approcha doucement du lit de l'Indien. Ulam Singh reposait tranquillement et dormait... « Voilà qui n'est pas mauvais signe, songea-t-il, il n'y a aucun danger sérieux tant qu'il ne délire pas. C'est d'ailleurs quelque chose de tout à fait curieux, cette lutte farouche, presque héroïque, du corps humain contre l'effet du poison. Certes, le combat, en l'occurrence, est désespéré : il n'y a rien à faire contre ce venin. Mais jusqu'à l'issue fatale, on va passer par toutes les phases d'une bataille sans merci, entre le corps et le venin : approche insidieuse de l'ennemi, défense acharnée, brusque contre-attaque, repoussée pour l'instant ! On assiste en ce moment à une sorte d'armistice : Ulam Singh s'est endormi. »

Le Dr Kircheisen regarda sa montre. « Les cinq minutes sont écoulées... Il faut que j'aille les déranger ; elle va sûrement être fâchée. Elle semble vraiment l'aimer sincèrement, le cher homme, malgré son âge. Elle a paru véritablement émue, inquiète de son sort. Une si splendide créature pour un vieillard malingre et grisonnant qui pourrait être son père, et même son grand-père ! Les femmes sont souvent totalement imprévisibles, dans leurs inclinations... »

Il tapa à la porte du bureau.

— Entrez ! lui répondit la voix de l'actrice, vous venez déjà me chercher ! Mais qu'est-ce qui vous arrive, docteur ? Avancez donc ! Qu'est-ce qui vous fait peur ?

De surprise, le Dr Kircheisen avait fait un bond en arrière et restait figé, complètement interloqué, sur le seuil de la porte. La pièce était plongée dans une profonde obscurité. Ses yeux cherchaient en vain à distinguer le moindre objet dans le noir. Seul un rayon de lumière, par la porte laissée entrouverte où se tenait le Dr Kircheisen, éclairait une petite partie de la pièce.

— Fermez donc cette porte ! lui cria la voix du baron. C'est vous-même qui m'avez prescrit de rester dans l'obscurité !

« Je ne lui ai rien prescrit du tout... » songea le médecin en fermant la porte derrière lui. Il se retrouva dans le noir, un peu étourdi.

— Hélas ! mon enfant, je n'y peux rien ! reprit la voix du baron, dont on entendait qu'il s'efforçait de plaisanter. Les ordres du docteur sont très stricts ! Il faut que je lui obéisse !

— Je peux quand même revenir cet après-midi? demanda l'actrice.

— Je voudrais bien! soupira le baron, mais le docteur l'interdit!

— Alors demain? Demain à la même heure?

— Demain... répéta le baron en laissant passer un long silence. Espérons que tout sera fini, demain. Et maintenant, laisse-moi, mon enfant!

— Je vous en prie, mademoiselle, dit le médecin en ouvrant la porte toute grande pour qu'elle et lui puissent sortir.

Melitta Ziegler ferma les yeux et fit écran de sa main devant son visage.

— La lumière m'éblouit, fit-elle. Dites-moi, docteur, pourquoi lui avez-vous donc prescrit de rester dans le noir? Ses yeux auraient-ils été aussi atteints?

— Pas directement, répondit le médecin, qui était lui-même tout à fait étonné de cette disposition de la chambre obscure.

« Mais pour les cas de ce genre, reprit-il, on recommande souvent de rester dans l'obscurité la plus complète, car celle-ci est associée, la plupart du temps, à un repos absolu.

— Mon Dieu! Pourvu, docteur, qu'il s'en sorte au plus vite!

— Nous faisons tout pour cela, chère mademoiselle.

— Il semble effectivement qu'il ait été assez sérieusement secoué. Certes, je n'ai pas pu le voir, mais sa voix n'avait pas du tout le même timbre que d'habitude. Comme si ce n'était plus le même homme...

— Vous trouvez qu'il y avait quelque chose de changé et d'inhabituel dans sa voix? demanda le médecin soudain vivement intéressé, comme si ce n'était pas la sienne?

— Oui, presque. Ce n'est pas rien, qu'un choc comme celui-là... Vous partez aussi, docteur? ajouta-t-elle en voyant le médecin prendre son chapeau et sa canne.

— Oui, je fais un saut jusque chez moi, répondit celui-ci.

— Vous habitez dans le premier district ? Eh bien, profitez donc de ma voiture, docteur ! Je vous en prie, c'est avec plaisir... Il n'y a pas de dérangement. Je vous dépose où vous voulez. Tout près de chez vous ou sur la Ringstrasse. Mais à quoi pensez-vous, docteur ? Vous ne m'écoutez même pas !

Le Dr Kircheisen était effectivement encore une fois perdu dans ses pensées. Il fixait des yeux l'une des fenêtres de la terrasse par laquelle, avec une agilité d'acrobate, était en train de se glisser la baronne qui, avec sa joyeuse insouciance, avait choisi ce chemin relativement périlleux pour descendre dans le jardin.

— Regardez, dit le médecin en montrant Gretl, le petit diable ! La charmante espiègle !

— Vous trouvez ? répondit d'une voix indifférente l'actrice déjà assise dans la voiture, si cela vous plaît... Montez à côté de moi ! On va peut-être trouver curieux de voir une dame qui conduit avec un monsieur à côté d'elle, mais j'espère que cela ne vous gênera pas trop...

« Entre la baronne et sa future belle-mère, ce n'est pas, apparemment, l'entente parfaite... se dit le baron tandis que la voiture descendait la grande allée, la pauvre petite demoiselle ! Melitta Ziegler la traite vraiment comme quantité négligeable ! C'est toujours la même chanson, évidemment, avec les belles-mères. Toutes un peu jalouses de Blanche-Neige... »

— Je ne saurais vous dire combien tous ces événements m'ont éreintée, reprit l'actrice après un moment, je vais m'allonger aussitôt que je serai rentrée. Je dois jouer demain Rautendelein avec, en plus, un nouveau comédien dans le rôle d'Heinrich. Un certain Lauterböck, de Düsseldorf — vous connaissez ? Il a beaucoup de talent... Il postillonne juste peut-être un peu trop fort lorsqu'il s'enflamme... Excusez ces détails, docteur, mais vous n'avez pas idée combien cela peut être désagréable pour sa partenaire.

— J'imagine en effet, répondit distraitement le médecin.

— Je trouve tout à fait sage de la part du vieux Philippe d'avoir aussitôt envoyé Gretl à la campagne, chez la sœur du baron. Toute cette agitation lui aura au moins été épargnée.

— Qui a-t-on envoyé à la campagne ?

— Gretl, la fille de mon fiancé.

— Qui vous a raconté cela ? s'étonna le médecin.

— Félix lui-même, évidemment ! Le baron.

— Il vous a dit qu'il avait envoyé la baronne à la campagne ?

— Vous l'appelez ainsi ? Entre nous, nous disons toujours « le petit moineau ». Une gamine adorable — j'adore ma future petite fille ! Mais quelle espiègle ! Mardi dernier, elle a profité de sa présence chez moi avec son père, au dîner, pour glisser une brosse dans mon lit... Je ne m'en suis aperçue que le soir, en allant me coucher...

— La jeune dame qui tout à l'heure a escaladé la fenêtre pour sortir, n'était-ce pas la baronne Gretl ?

— Qui ? demanda l'actrice en plissant la bouche avec un air hautain, mais qu'est-ce qui vous fait dire cela ? Qu'allez-vous penser ! Cette personne n'a rien à voir avec Gretl. C'est la première fois que je l'aperçois. Il s'agit sans doute de l'une des domestiques, une femme de chambre ou quelqu'un comme cela.

Le médecin se taisait. L'idée qui, l'espace d'un instant, avait surgi à son esprit lorsque l'actrice avait parlé de la voix du baron « comme de celle de quelqu'un d'autre », cette idée prit soudain la consistance d'un soupçon. De là la pièce obscure... de là la jeune femme enfermée dans sa chambre... !

— Nous arrivons dans la Mariahilferstrasse. Arrêtons-nous un instant de parler, il faut que je fasse attention en conduisant, pour ne pas provoquer de catastrophe ! Dites-moi quand vous voulez descendre, docteur. Il faut que je prenne garde à m'écarter des rails de tramway si je ne veux pas encore attraper un procès-verbal.

L'ascension du Cima Undici...

Le Dr Kircheisen était une personne profondément attachée à ses habitudes. Qu'il n'ait pas eu le temps, avant onze heures ce matin, de prendre son bain quotidien, le perturbait et le mettait de méchante humeur... « J'ai pu au moins le prendre ici, chez moi, et non pas dans la salle de bains trop inconfortable de la villa de Hietzing ; je peux en profiter, maintenant, pour réfléchir en toute tranquillité à tout ce qui m'est arrivé depuis hier... », se disait-il pour se consoler en rentrant dans sa chambre. Il prit son peigne et sa brosse et se mit devant son miroir.

« Résumons-nous... songeait-il. Essayons d'examiner les choses dans l'ordre. On me décrit le baron comme un champion d'alpinisme ; or je trouve devant moi un vieillard qui présente tous les signes d'une artériosclérose au stade avancé ; on annonce une visite, il cherche d'abord à se faire excuser, puis la reçoit finalement dans une pièce plongée totalement dans l'obscurité. Il s'effraye du moindre rai de lumière qui pourrait tomber sur son visage. Il ne veut pas qu'on le voie. Tout ceci est déjà suffisamment étrange, mais ce n'est pas tout ! Sa voix paraît complètement changée à son visiteur — “ comme celle de quelqu'un d'autre ”, selon l'expression employée par l'actrice. S'y ajoute le fait que tous les domestiques ont été sur-le-champ éloignés de la villa. On veut visiblement leur cacher quelque chose. Seul le vieux Philippe a eu le droit de rester — ce qui implique qu'il connaît le secret. Je ne vois à tout cela qu'une seule explication possible... »

Le Dr Kircheisen posa le peigne et la brosse et se mit à marcher nerveusement de long en large dans sa chambre.

« ... La solution de l'énigme, poursuivit-il dans son raisonnement, est... que le vieil homme que j'ai vu à la villa n'est pas le baron Vogh, mais quelqu'un qui, pour je ne sais quelle raison, se fait passer pour le " baron fou ". Tout concorde. Le prétexte qu'il a donné d'une chute de cheval ! Comme si ce vieillard cacochyme pouvait encore monter à cheval ! Mais l'actrice n'a pas paru du tout étonnée. Comme si cela allait de soi ! Bien sûr ! Le vrai baron est probablement un aussi bon cavalier qu'un remarquable alpiniste. Ce qui explique que le vieillard de la villa soit obligé, pour une raison quelconque, de jouer jusqu'au bout le rôle épuisant du " baron fou "... »

Le Dr Kircheisen s'arrêta, tira fébrilement quelques bouffées de sa cigarette.

« ... Y aurait-il d'ailleurs besoin d'autres preuves que certains détails relevés pendant le trajet jusqu'ici suffiraient à lever les derniers doutes ! Melitta Ziegler ne connaît absolument pas la jeune demoiselle qui m'a été présentée comme la baronne. " Probablement une femme de chambre ", a-t-elle dit. Et elle a ajouté : " C'est la première fois que je vois cette personne. " Naturellement, la charmante demoiselle est tout aussi peu la baronne Vogh que son père le baron. C'est la raison pour laquelle on l'a enfermée dans sa chambre, afin que l'actrice ne puisse pas l'apercevoir... »

A ce moment, le Dr Kircheisen se souvint également du ton inquiet et soupçonneux sur lequel le pseudo-baron lui avait demandé ce matin : « Connaissez-vous ma fille Gretl ? » Et si lui, Kircheisen, lui avait alors répondu : « J'ai déjà eu l'honneur de lui être présenté », il est évident qu'on lui aurait caché la jeune personne, exactement comme à Melitta Ziegler.

Mais que signifiait cette mise en scène ? Tout cela cachait-il un crime ? Le vrai baron et sa fille avaient-ils été éliminés ? Ou bien n'était-ce que les préparatifs d'un crime dont l'exécution nécessiterait l'aide du jardinier indien ? « Il a encore quelque chose d'important, d'essentiel à terminer... », avait déclaré le pseudo-baron. Quelle était donc cette tâche que devait accomplir Ulam Singh, même agonisant ? Et si le vieil homme dans la villa tenait le rôle du baron, où se trouvait le vrai, ainsi que sa fille ? Étaient-ils tous deux en voyage ? Ou bien déjà morts ?

« ... Il faut absolument trouver une réponse à ces questions, se disait le Dr Kircheisen en nouant d'un geste décidé son nœud de cravate devant le miroir. Il y a d'ailleurs encore d'autres points obscurs, que mon hypothèse selon laquelle " le baron fou " et le vieillard de la villa seraient deux personnes différentes ne parvient pas à éclaircir. Comment le tik paluga a-t-il été introduit dans la villa ? Comment est-on parvenu à le transporter vivant jusqu'en Europe ? L'Indien aurait pu le ramener avec lui, mais il a quitté son pays voici un an et demi et le serpent a à peine trois mois. Cela dépasse mon entendement. Et le miroir brisé ? " Mon Dieu ! j'avais oublié celui-là ! " s'est écrié le baron. Effectivement, lorsque j'y réfléchis maintenant, je n'ai pas remarqué un seul miroir dans toute la maison. Une étrange lubie que celle d'interdire à sa fille de se regarder jamais dans un miroir !

« Sa fille... Ce serait abominable si elle aussi était impliquée dans cette histoire ! Il s'est passé là-bas quelque chose de grave, de terrible peut-être... La nervosité du pseudo-baron, le désespoir du vieux serviteur, l'atmosphère sombre et angoissante de la maison vide, tout cela me fait craindre le pire. Dieu fasse que la demoiselle ne soit au courant de rien, qu'elle soit étrangère à ceci, quoi qu'il puisse arriver.

« Cette jeune demoiselle... songeait le Dr Kircheisen en arpentant sa chambre, rien que pour elle je remercie le hasard qui m'a conduit dans la maison du baron. Qui aurait pu croire une chose pareille ? Moi qui, de ma vie, n'ai jamais accordé d'intérêt aux femmes, qui ne me suis jamais soucié d'elles et qui ne me suis occupé que de mes livres et de mon travail ! Je n'ai d'ailleurs jamais regretté d'avoir choisi cette vie d'ermite. J'ai toujours eu une sorte d'intime conviction que la faute en incombait non pas à moi, mais aux femmes elles-mêmes. Oh, certes ! je n'ai peut-être jamais fait l'effort nécessaire, mais j'étais persuadé que cela n'en valait pas la peine. Et voici soudain que se présente l'une d'entre elles, qui correspond exactement à celle que j'ai toujours désirée au fond de moi-même. Cette femme dont j'ai rêvé toute ma vie, je la trouve là, maintenant, devant moi ! Ce n'est pas le produit de mon imagination. Elle existe effectivement, en chair et en os, elle ne vit pas dans une contrée exotique, mais à deux pas d'ici, dans la même ville, et je peux la rejoindre chaque jour, quand je veux, en moins de vingt-cinq minutes ! Comment se fait-il que je ne l'aie jamais rencontrée auparavant ? Qui sait combien de fois déjà nous nous sommes promenés tous les deux à la même heure sur le Graben, nous nous sommes arrêtés devant la même vitrine et avons déjeuné, durant la même matinée, au Kriau ? Et moi qui, avec ma malchance habituelle, suis toujours arrivé cinq minutes trop tard ou trop tôt !

« Qu'elle soit jolie n'est pas uniquement ce qui m'a rendu amoureux fou d'elle. Non, il y a autre chose : c'est cet état d'âme merveilleux, comme je n'en ai jusqu'à présent rencontré chez aucune autre femme. La manière dont elle courait dans le jardin derrière son cerceau... Vive, spontanée, exubérante ! Pour redevenir à nouveau, quelques instants après, sur la terrasse, une grande dame. Avec quelle grâce elle inclina sa petite tête, lorsque son père me la présenta ! Une vraie dame du monde... Et quelques secondes après, elle jouait à nouveau par terre et cassait sa tirelire, saisie d'une excitation, d'un accès de curiosité tout à fait charmant. Par quel miracle a-t-elle su, malgré son éducation, tout ce qu'elle a déjà vécu et toutes les transformations de son corps, conserver la tendre ingénuité d'une âme d'enfant ?

« ... J'ai eu souvent l'occasion de le dire à mes amis, au cours de nombreuses discussions qui nous ont opposés : la seule femme à laquelle je pourrais m'attacher devrait être à la fois femme et enfant. Ils se sont toujours moqués de moi : " Les deux choses, m'ont-ils répété à satiété, sont inconciliables, l'une succède à l'autre, mais toutes deux ne peuvent se conjuguer. "

« Or voici justement que je rencontre quelqu'un qui est les deux à la fois, femme et enfant. Il n'existe peut-être qu'un seul être semblable parmi des centaines de milliers et c'est à moi qu'il est donné de faire sa connaissance. Un miracle, un conte de fées, si incroyable que je tremble qu'il ne me glisse entre les doigts. Mais je suis décidé à le retenir ! »

Le Dr Kircheisen tira plusieurs fois vigoureusement sur sa cravate pour en effacer les plis et ajusta tout aussi énergiquement son gilet. Il avait terminé sa toilette.

« Certes, se disait-il en passant dans son bureau, il convient d'être prudent... Il s'agit avant toute chose de découvrir qui sont véritablement les deux personnes qui se font passer pour le baron Vogh et la baronne. Évidemment, je ne vais pas être assez sot pour poser directement la question : " Qui êtes-vous donc, monsieur, et pourquoi vous faites-vous passer pour le baron Vogh ? "... Je me garderai bien d'être aussi maladroit. Je ne veux surtout pas éveiller sa méfiance. Il ne doit pas s'apercevoir que j'ai percé son jeu. J'attendrai d'être absolument sûr de mon fait et je lui tendrai un piège. Il faut que je réunisse des preuves avant de le confondre.

« Devrais-je emmener Fritz avec moi là-bas ? Le

pseudo-baron fera dire encore tout simplement qu'il n'est pas là. Rien ne m'autorise, en outre, à crier ainsi la chose sur tous les toits. C'est une affaire qui, provisoirement, reste entre nous deux, le vieil homme et moi-même.

« Mais comment m'y prendre pour avoir quelque certitude sur l'identité des personnes à qui j'ai eu affaire à la villa ? Le plus simple ne serait-il pas quand même de leur poser directement la question ? »

Tandis qu'il réfléchissait ainsi, le Dr Kircheisen s'était assis à son bureau et avait pris en main son courrier. Quelques réclames envoyées par des laboratoires, vantant les mérites de médicaments nouveaux. Deux prospectus d'hôtel. Une facture de plombier. Un sanatorium demandant le transfert de malades. Quelques revues scientifiques : *Le Magazine médical, Recherches toxicologiques, Informations pharmaceutiques* et — « Tiens, qu'est-ce que c'est ? — *La Montagne,* " Revue d'alpinisme et d'escalade ". Comment se fait-il que cette brochure soit arrivée ici dans mon courrier ? Il y a également une lettre. Je reconnais l'écriture. C'est celle de Fritz. Mon Dieu, c'est vrai ! J'ai complètement oublié de l'appeler ! Que dit-il ? »

Le Dr Kircheisen décacheta la lettre et lut :

« Mon cher Franz,

Je t'ai attendu hier soir en vain au café. J'ai essayé de te téléphoner à deux reprises, mais n'ai pu évidemment te joindre. Le numéro de *La Montagne* que je t'adresse sous bande par le même courrier contient quelque chose qui va sûrement t'intéresser : le compte rendu d'un exploit sportif exceptionnel du " baron fou ", que tu soignes probablement en ce moment. Je te saurais gré de bien vouloir me raconter en détail ce qui lui est arrivé et de me donner de ses nouvelles.

Amicalement,

Fritz. »

Le Dr Kircheisen reposa la lettre et sortit de sa liasse de courrier le numéro en question de *La Montagne*. Il parcourut le sommaire. « Nouvelles pistes dans la région de Karwendel. Avec carte géographique et onze similigravures d'après les photographies originales. » Très bien. Passons. « Refuges dans la Sierra Nevada. » Ce n'est pas cela non plus. « Guide dans les Dolomites. » Le Dr Kircheisen feuilleta la brochure avec impatience. « Note sur la réglementation du gîte du Pizzo Stella. » Un article nécrologique sur les victimes de l'avalanche du Bruderkogel. Ah! enfin : « La première de la face nord du Cima Undici, par le baron Félix von Vogh. (Conférence du 2 septembre devant la Société scientifique.) »

Le Dr Kircheisen laissa retomber la brochure... « J'ai trouvé ce que je cherchais, se dit-il, le moyen de démasquer le pseudo-baron. Le vrai baron Vogh a fait l'ascension du... comment déjà ?... du Cima Undici. Il a même donné une conférence à ce sujet. Il doit donc se souvenir de tous les détails. Et si je sondais le vieil homme de la villa sur cet épisode ? Je le mettrais certainement dans le pire embarras. " Ainsi donc, monsieur, lui dirais-je, vous n'avez jamais escaladé le Cima Undici ? Ayez donc l'obligeance de me dire qui vous êtes réellement, puisque vous n'avez rien à voir avec le baron Vogh... " Voilà ce que je lui dirais en face. Je n'ai plus qu'à lire attentivement cet article, à bien noter quelques détails et à amener plus tard la conversation sur ce sujet... Regardons cela tout de suite... »

Le Dr Kircheisen s'installa confortablement dans son fauteuil, jeta un coup d'œil sur l'horloge et commença à lire :

« La face nord du Cima Undici n'avait encore jamais été vaincue avant mon expédition victorieuse du 24 mai de cette année. Ce sommet n'avait été jusqu'à présent escaladé que par la face sud-ouest, et ceci à deux reprises.

L'ingénieur écossais Mac Culloch tenta certes l'ascension de la face nord, mais malgré toute son obstination, trouva la mort au mois d'août 1891, alors qu'il était arrivé au niveau de la seconde cheminée. Seul, depuis cette date, Martin von Curtis osa renouveler une tentative pour vaincre le Cima Undici par la route nord. Mais il se vit contraint de renoncer trois cents mètres après le début de la montée.

« Le 24 mai à trois heures, je quittai donc le petit village de Salo en compagnie du guide Jakob Schwarzinger, de Heiligenblut, qui m'a accompagné dans la plupart de mes expéditions, grandes ou petites. Après plusieurs heures de marche, nous atteignîmes la cavité baptisée Osteria par les gens du pays et qui est également mentionnée dans le rapport de Martin von Curtis. Juste au-dessus de celle-ci commence la montée, avec un plateau rocheux incliné vers l'avant, légèrement en saillie et qui forme en haut comme une sorte de rampe. L'obstacle paraît de prime abord difficile à franchir, mais ne pose pas de problèmes insurmontables à des spécialistes bien entraînés. Il nous suffit de chercher une prise dans l'interstice de la roche tout en prenant appui avec les jambes, de l'autre côté, sur la paroi pentue de la grotte, de manière à placer notre corps presque à l'horizontale ; une fois dans cette position, il s'agissait de lancer le plus rapidement possible le pied gauche dans le vide vers un nouvel appui et d'effectuer un rétablissement en agrippant fermement la rampe de la main droite. »

Le Dr Kircheisen laissa retomber la brochure et secoua la tête. « Et dire qu'il y a des gens qui prennent plaisir à ce genre de choses ! Lancer le pied gauche dans le vide ! Non merci ! très peu pour moi... Mais continuons... »

« A partir de cet endroit, commença une demi-heure d'escalade facile jusqu'à ce que nous butions sur un piton abrupt avec, en contrebas, à quelques pas de là, un dôme formant comme une sorte de niche dans la roche. Un passage relativement délicat à négocier. Nous longeâmes à tâtons une corniche étroite pour agripper un éperon dont nous franchîmes l'arête au prix d'un risque considérable.

« C'est alors que nous nous retrouvâmes devant la première cheminée. Un coup d'œil vers le ciel nous confirma que l'heure était déjà bien avancée. Il pouvait être aux environs de sept heures et demie du matin. Le temps était relativement couvert et — condition propice pour nous —, il soufflait une petite brise rafraîchissante. Les parois de la première cheminée se révélèrent très lisses, mais nous la franchîmes sans trop de peine. Quant à la seconde, nous pûmes la contourner en passant par un contrefort en léger surplomb. L'entrée de la troisième était barrée par un énorme bloc de pierre. Après nous être convaincus, par un examen minutieux, qu'il n'y avait pas d'autre passage permettant de contourner cette cheminée, nous parvînmes, au prix de gros efforts, à écarter suffisamment le bloc de pierre pour dégager une étroite ouverture dans laquelle nous nous glissâmes. Nous aidant de quelques anfractuosités, nous nous hissâmes, en balançant notre corps de droite et de gauche, à l'intérieur de ce puits d'une hauteur d'environ sept mètres pour atteindre enfin, péniblement, périlleusement, l'emplacement en forme de rostre où s'était arrêté, en son temps, Martin von Curtis. C'est d'ailleurs jusqu'à cet endroit que vont les croquis qu'il a eu l'amabilité de me confier, et pour lesquels je tiens une fois encore à lui exprimer publiquement ma gratitude. »

« Péniblement !... Périlleusement ! répéta avec un frisson le Dr Kircheisen. Rien que le récit vous donnerait la migraine ! Quelles prouesses intrépides nous réserve-t-il ? C'est à vous faire dresser les cheveux sur la tête !... »

« Encore quelques mètres difficiles et il nous restait à traverser des éboulis jusqu'au mur, avant d'atteindre, par une tranchée un peu friable, la crête elle-même. Puis vint une pente de cailloutis facile à gravir et au sommet de laquelle nous attendait le passage le plus délicat de toute l'ascension.

« Une étroite corniche, très exposée, le long d'une paroi fortement en saillie, sur un bloc branlant, simplement adossé, et qui débouchait sur une crevasse dont le franchissement s'avéra très dangereux : nous fûmes en effet réduits à n'utiliser, pour progresser, que le bras droit et la jambe droite, tandis que nos autres membres s'efforçaient en vain de trouver un appui sur le mur lisse. Il semble que ce soit là l'endroit où Mac Culloch a trouvé la mort, dans la mesure où nous découvrîmes, à quelques mètres en contrebas, sur les rochers, des bouts de fer rongés par la rouille, correspondant apparemment aux restes d'un piolet.

« Après avoir franchi ce passage dangereux, nous nous accordâmes quelques instants de repos. Il pouvait être environ neuf heures et demie... Un bruit d'eau nous parvint : non loin de nous dévalait le torrent d'un glacier. A cent pas à peu près de l'endroit où nous étions commençait le premier champ de neige. Mon compagnon me fit remarquer que nous avions maintenant passé le plus pénible. Autant je lui fais confiance d'habitude, autant je pensai cette fois-ci que sa prophétie était imprudente. La suite allait démontrer combien mes doutes étaient fondés.

« Derrière le champ de neige, se dressait un amas de roches éboulées, barré par une cheminée qui le surplombait en partie. Nous l'escaladâmes à grand-peine, au prix de beaucoup de risques, pour atterrir sur une arête très étroite, entièrement prise dans la glace. C'est ici qu'a failli se produire l'accident.

« Jakob Schwarzinger marchait devant, j'étais environ à une dizaine de pas derrière lui. Sur notre droite, la paroi tombait à pic, sur une hauteur de douze cents mètres à peu près. Appuyé contre un rocher, je laissais glisser la corde entre mes doigts et observais avec la plus grande attention l'admirable travail de Schwarzinger ; c'est alors que j'entendis soudain un léger craquement, le bruit caractéristique d'une roche qui se détache. Et effectivement ! Une pierre roule sous le pied droit de Schwarzinger et dévale sur le côté. Le pied, sur lequel portait tout le poids du corps, dévisse. J'empoigne la corde, prêt à me plaquer contre le rocher, sur ma gauche — lorsque Schwarzinger, mon brave Schwarzinger à qui rien ne peut faire perdre son sang-froid, apparaît assis à califourchon sur l'arête et, tel un vrai dieu, se tourne vers moi en riant. Puis il rampe tranquillement pour regagner le bord. »

« C'est trop ! J'arrête là... décida le Dr Kircheisen en reposant la brochure, c'est presque plus impressionnant à lire que si on avait été obligé de l'accomplir soi-même ! Quelle folie ! Quelle témérité ! Les gens ont vraiment ce qu'ils méritent, lorsqu'ils se rompent le cou...

« Confondre le pseudo-baron de la villa sera désormais un jeu d'enfant. Je n'ai qu'à amener la conversation sur l'alpinisme. On n'oublie pas ce genre de choses, elles restent gravées à jamais dans votre mémoire. Je vais tout simplement apprendre par cœur la description de quelques-uns des épisodes les plus terrifiants. Mais surtout retenir le nom du guide. Comment s'appelle-t-il, déjà ? Ah oui ! c'est cela : Jakob Schwarzinger, de Heiligenblut. Mémoriser également quelques autres lignes, le passage de la troisième cheminée par exemple... à condition que je ne sois pas saisi moi-même de vertige dans l'escalier !... »

Le Dr Kircheisen prit son chapeau, sa canne et son manteau, descendit l'escalier et sortit dans la rue, tout en marmonnant sans cesse, pour lui-même :

« ... nous hissâmes péniblement, périlleusement, à l'intérieur de ce puits d'une hauteur de sept mètres... Jakob Schwarzinger, de Heiligenblut ! Jakob Schwarzinger, de Heiligenblut !... »

... Et d'un escalier

Il tombait une pluie fine lorsque le Dr Kircheisen descendit de l'automobile, devant la villa. Une bruine que l'on sentait à peine, que l'on remarquait seulement en voyant les petites flaques d'eau sur le pavé trembler sans cesse à cause des gouttes. Le Dr Kircheisen resserra sur lui son imperméable et ouvrit la porte du jardin avec le pressentiment très vague, mais néanmoins oppressant, qu'une nouvelle et redoutable surprise l'attendait dans cette maison.

Cette impression se dissipa dès qu'il pénétra dans le vestibule. La première personne qu'il rencontra était la jeune dame qu'il avait prise pour la baronne Vogh jusqu'à sa conversation avec l'actrice. Elle se tenait au milieu de la pièce, une corde à sauter à la main, et répétait avec beaucoup d'application et même une certaine fierté toute une série de sauts identiques. La vue du médecin ne lui parut pas une raison suffisante pour interrompre ses exercices. Dans un coin de la pièce, une femme de chambre s'affairait avec un balai. Il semblait que le baron eût engagé de nouveaux domestiques.

— Vous pratiquez là un sport tout à fait sain et bénéfique, baronne! déclara le médecin pour engager la conversation.

— Cent quarante-trois, cent quarante-quatre, cent quarante-cinq... fit la demoiselle pour toute réponse.

— C'est un bon moyen pour entretenir la souplesse et l'élasticité du corps... poursuivit imperturbablement le Dr Kircheisen.

— Cent quarante-huit, quarante-neuf, cent cinquante !

Elle jeta sa corde à sauter et se tourna vers le médecin :

— C'est très difficile, dit-elle, d'aller jusqu'à cent cinquante sans tomber.

— J'ai déjà eu l'occasion ce matin d'admirer vos performances de gymnastique, répondit le médecin dans le souci d'entretenir la conversation qu'il avait réussi à engager.

— Ah oui ! Et où cela ? fit-elle en étouffant à peine un bâillement, sans faire le moindre effort pour dissimuler combien cette conversation l'ennuyait.

Le Dr Kircheisen commença à se sentir gêné... Ah, si l'on pouvait apprendre la manière dont il convient de s'entretenir avec une jeune dame de la bonne société !

— Avec quelle extraordinaire habileté vous avez escaladé la fenêtre, baronne ! dit-il enfin.

En prononçant ces mots, il eut aussitôt le sentiment d'avoir commis un impair. « Une dame du monde se livre-t-elle à ce genre de facétie qu'il vaut peut-être mieux ne pas relever cette manie... Je l'ai certainement mise très mal à l'aise... »

— Vous m'avez vue ? demanda la demoiselle, moi aussi je vous ai vu !

Elle parlait d'une voix tout à fait naturelle, sans laisser paraître le moindre embarras... « L'assurance d'une dame du monde ! » pensa le médecin avec un regard admiratif.

— Vous étiez assis dans la voiture avec maman... poursuivit la baronne après un moment.

— J'étais dans la voiture avec qui ? demanda le Dr Kircheisen.

— Avec maman ! Avec Melitta !

« Hélas ! songea le médecin, elle aussi joue la comédie ! Elle se fait passer pour la véritable baronne. Elle, si ingénue, si spontanée, est néanmoins capable de dissimulation. Elle aussi a appris à mentir ! Quel dommage !... »

— Mlle Ziegler serait donc votre mère ? s'enquit le médecin.

— En fait, reprit-elle, elle va épouser papa dans quelques semaines, j'ai bien le droit de l'appeler déjà maman !

« ... Elle aussi prétend m'abuser. Elle aussi voudrait me faire croire à tout ce tissu de mensonges ! Elle fait également partie du complot... Sa candeur, sa naïveté : comédie que tout cela ! Et moi qui ne me suis aperçu de rien ! » se disait le Dr Kircheisen, furieux contre lui-même.

— Elle me faisait la tête, aujourd'hui, ma maman ! Elle est partie sans un regard pour moi... ajouta la demoiselle d'un air songeur.

« Tiens, tiens ! Notre petite comédienne se doute apparemment de mes soupçons. Elle essaye de trouver une explication quelconque au désintérêt de sa prétendue maman... »

— Je sais pourquoi elle était fâchée contre moi. C'est à cause de la brosse.

— A cause de quoi ?

— A cause de la brosse ! Je lui ai glissé une brosse dans son lit l'autre jour, quand j'étais chez elle avec papa.

Le Dr Kircheisen sursauta... Comment était-il possible qu'elle fût au courant de ce petit incident qui s'était effectivement produit dans l'appartement de l'actrice ? C'est Melitta Ziegler elle-même qui lui en avait parlé. Était-il donc finalement injuste avec la demoiselle ? Seraitelle quand même la baronne Vogh ?... Le Dr Kircheisen voulait en avoir le cœur net.

— Quand étiez-vous donc chez Mlle Ziegler ? demanda-t-il.

— Attendez voir... Quand était-ce, déjà ? Nous sommes

aujourd'hui vendredi... mercredi... mardi, oui, c'est cela, nous y sommes allés mardi, papa et moi !

Mardi, c'était exact ! Toutes les hypothèses échafaudées par le Dr Kircheisen s'écroulaient comme un château de cartes. Mais alors, c'était donc l'actrice qui l'avait trompé ? Elle avait fait semblant de ne pas connaître sa future belle-fille ! Dans quel but ?

— Tout ce que vous m'avez raconté est-il bien vrai, baronne ?

— Quelle raison aurais-je de vous mentir ? J'ai effectivement glissé une brosse dans son lit. Ce n'est pas bien grave, après tout ! C'était pour m'amuser. On va se réconcilier...

La baronne saisit sa corde à sauter et sortit dans le jardin. Il avait cessé de pleuvoir.

— Attendez encore un peu, baronne ! J'espère que je ne vous ai pas froissée, au moins ? lui cria le médecin.

Mais elle courait déjà dans l'allée et ne l'écoutait plus.

« Cette fois-ci, je l'ai vraiment vexée, se dit le médecin avec consternation. Il y avait certainement dans le ton sur lequel je lui ai parlé quelque chose qu'elle a ressenti comme un manque de tact ou de déférence de ma part. Elle est partie sans même un mot ! Comment ai-je pu être aussi maladroit, vraiment aussi maladroit ! »

— Docteur, vous voilà enfin ! J'ai appelé chez vous, mais on m'a dit que vous étiez déjà en route pour venir ici !

— Il est arrivé quelque chose, monsieur le baron ? demanda le Dr Kircheisen en s'avançant vers le vieil homme qui venait d'entrer dans le vestibule, en proie à une certaine agitation.

— Pensez donc ! Ulam Singh s'est réveillé ! Docteur, c'est bon signe, n'est-ce pas ?

— En tout cas...

— Il parle, docteur ! Il m'a parlé !

— Je vais aller le voir tout de suite.

L'état de l'Indien avait effectivement évolué. Il était

toujours étendu sur le lit. Mais tous les muscles de son visage s'agitaient violemment, ses traits se crispaient en d'incessantes contractions. De petites gouttes de sueur perlaient sur son front. Il proférait des mots et des cris dans un idiome incompréhensible, sa voix était rauque, avec un timbre parfois flûté. Sa longue barbe noire s'étalait sur la couverture, telle une lanière de fouet.

C'était un spectacle effrayant de voir cet étranger sorti d'une contrée exotique lutter ainsi farouchement contre la mort.

Le Dr Kircheisen, à ce moment, ne pensait plus au comportement désobligeant de la baronne qui, quelques instants auparavant, le préoccupait encore tant. Il était redevenu médecin, rien que médecin, et n'avait d'autre pensée que le souci de son patient.

— Vous comprenez ce qu'il dit? demanda-t-il au baron.

— En partie. Il parle à nouveau dans sa langue maternelle, le maharatti.

— Qu'est-ce qu'il veut?

Le baron tendit l'oreille pendant quelques secondes pour saisir les cris poussés par le malade dans sa fièvre.

— Ah oui! fit-il, encore cette vieille histoire! Il répète qu'il n'y est pour rien. Ce n'est pas lui, mais un certain Nahib Ram qui aurait monté la garde cette nuit-là.

— Qu'est-ce que cela veut dire? demanda le médecin.

— Je ne vous en ai pas encore parlé? Ulam Singh a été autrefois serviteur du temple de Parvati, à Agra. Mais il a été exclu de sa caste à la suite d'un très grave sacrilège qui a été commis dans le temple. C'est la raison pour laquelle il est venu avec moi en Europe. Ses jours étaient en danger, s'il restait à Agra. Cela faisait longtemps qu'il n'avait plus reparlé de tout cela. Et c'est dans le délire de la fièvre que cette vieille histoire resurgit maintenant à sa mémoire.

— Est-ce que l'on peut trouver de la glace dans cette maison ?

— Évidemment ! répondit le baron en appuyant sur la sonnette.

Tandis que le baron donnait ses instructions au domestique, le médecin sortit un mouchoir pour tamponner les gouttes de sueur sur le front du malade.

A cet instant l'Indien se redressa sur son lit. Il fixa le baron de ses yeux écarquillés :

— Chanv... ! proféra-t-il d'une voix rauque.

L'effet que produisit ce mot sur le baron fut extraordinaire. Il se leva d'un bond de son fauteuil, saisit la main du malade et mit son oreille contre la bouche de l'Indien.

— Oui, Ulam Singh ! On va t'apporter du chanvre tout de suite !

— Qu'est-ce qu'il veut ? demanda le médecin.

— Du chanvre.

— Il délire. Ne faites pas attention !

— Pas du tout ! s'écria le baron en proie à une agitation croissante, il sait au contraire très bien ce qu'il dit ! Parfaitement bien ! Il parle tout à fait normalement.

— Mais regardez donc ! Qu'est-ce que cela veut dire encore ?

D'un geste brusque, l'Indien avait arraché au médecin le mouchoir avec lequel il essuyait la sueur de son front. Celui-ci vit alors avec effroi le malade enfoncer son butin dans sa bouche pour essayer de l'avaler gloutonnement.

— Attention ! s'écria le Dr Kircheisen, vite, aidez-moi ! Il va l'avaler !

— Laissez-le faire, docteur, laissez-le !

Le médecin dut mettre toute son énergie pour parvenir à arracher le mouchoir des dents de l'Indien qui se débattait vigoureusement.

— Mon Dieu, pourquoi ne l'avez-vous pas laissé tranquille ? gémit le baron.

— Pensez-vous encore que le malade ait toute sa

raison ? Il délire, il ne sait plus ce qu'il fait ! dit le médecin en reprenant son souffle, tant il avait dû livrer un véritable combat avec son patient.

— Il savait très bien ce qu'il faisait. Vous auriez dû le laisser tranquille ! s'écria le baron en colère.

Il se pencha sur le malade qui, totalement épuisé, reposait maintenant sans réaction sur son lit.

— Ulam Singh ! cria-t-il, Ulam Singh ! Il n'entend plus ! Il ne me comprend plus !

— Il ne vous a pas compris non plus tout à l'heure, pas même entendu. Il délirait !

— Non ! Il avait toute sa raison ! Il m'a immédiatement réclamé du chanvre, dès qu'il m'a reconnu. Je l'ai bien entendu crier distinctement le mot « chanvre » !

— Et alors ? Qu'est-ce que cela prouve ? poursuivit le médecin.

— Rien ! dit soudain le baron d'une voix faible, en baissant la tête. Vous avez raison, il délirait simplement.

— Je crois qu'une poche de glace et une nouvelle injection antitoxine sont les meilleurs moyens pour combattre la fièvre. Le malade a d'ailleurs encore étonnamment de force. J'ai dû littéralement lutter avec lui.

— Vous auriez dû le laisser faire, fit le baron, songeur.

— J'aurais dû lui laisser avaler le mouchoir ? Mais il se serait étouffé !

— Oh non ! Il l'aurait aussitôt retiré de lui-même. Il voulait simplement purifier l'intérieur de son corps. Vous ne connaissez probablement pas les rites des sadhus indiens. Ils enseignent que la purification de l'intérieur du corps au moyen d'un bout d'étoffe conduit à un degré supérieur de la perfection de l'âme.

— Je ne vous comprends pas, monsieur le baron. Vous venez me parler maintenant des bizarreries et des divagations de la mystique indienne ?

— Plaise à Dieu que ce soient des divagations et qu'il y ait un réveil ! fit le baron tout bas, presque pour lui-même, en regardant le médecin qui était en train de placer la compresse de glace sur le front du malade.

— C'est tout ce que nous pouvons faire pour l'instant, dit le médecin.

— Il va déjà mieux aujourd'hui, n'est-ce pas, docteur ? Beaucoup mieux, vous ne trouvez pas ? fit le baron.

— Apparemment, répondit laconiquement le médecin.

Il ne voyait aucune raison pour inquiéter davantage le vieil homme en lui disant qu'à son avis le délire du patient annonçait la dernière phase de l'agonie. Ulam Singh n'avait plus que quelques heures à vivre.

Le baron avait retrouvé aussitôt sa bonne humeur.

— Vous me ferez bien le plaisir de dîner avec moi ? Nous ne serons que tous les deux...

— Et la baronne ? interrogea le Dr Kircheisen.

— Ma fille a déjà dîné avec sa nouvelle dame de compagnie, répondit le baron. Je vous prierai d'ailleurs d'être très indulgent. Je ne peux absolument pas répondre de la nouvelle cuisinière, elle n'est que depuis trois heures dans cette maison. Non, nous n'allons pas au jardin. Nous mangeons au premier étage, il est impossible de rester sur la terrasse, avec le temps qu'il fait.

Le baron s'effaça poliment pour laisser passer le médecin. « C'est le moment... se dit le Dr Kircheisen. Je vais lui tendre un piège... »

— Si je ne m'abuse, monsieur le baron, c'est vous qui avez réalisé la première du Cima Undici dans la chaîne du Brenta ?

Le vieux monsieur s'arrêta immédiatement et regarda le médecin, l'air surpris.

— Vous êtes au courant ? Vous vous intéressez à l'alpinisme ? Vous pratiquez peut-être vous-même ?

— Un peu. En quelque sorte en dilettante, dit le médecin.

Le baron saisit vivement la main du Dr Kircheisen et la lui serra avec émotion.

— Vous aussi ! C'est merveilleux ! Et c'est maintenant que vous me le dites !

— Quand déjà avez-vous réalisé cette ascension ? l'interrompit sèchement le médecin.

— Je peux vous le dire très exactement, c'était au printemps de cette année, le 24 mai.

Le médecin sourit... Au printemps de cette année ! Dire que le vieil homme ne s'apercevait même pas de l'absurdité de son affirmation ! Pourtant, curieusement... la date était exacte. « Le 24 mai, à trois heures du matin », disait le numéro de *La Montagne*.

— Et d'où êtes-vous parti ? Je veux dire : où était votre camp de base ?

— A Salo, naturellement ! répondit le baron sans une seconde d'hésitation. Vous connaissez cette bourgade italienne ?

« ... Encore exact... constata le médecin, non sans étonnement. Mais voyons encore... »

— Vous aviez avec vous, à ce qu'on m'a raconté, un guide exceptionnel. Un certain... un certain... comment déjà ?

— Jakob Schwarzinger ! C'est lui qui m'accompagne toujours. Vous le connaissez également ? Vous avez fait des courses avec lui ? Probablement dans la région du Glockner, n'est-ce pas ? C'est sa spécialité, il est originaire de Heiligenblut.

« Eh bien !... C'est vraiment étonnant ! Tout concorde. On n'arrive pas à le prendre en défaut. L'aurais-je injustement soupçonné ? Ce vieil homme serait-il effectivement le vrai baron Vogh ? Mais alors, la chose serait encore plus invraisemblable... » Le Dr Kircheisen était de moins en moins sûr de lui.

— C'est vraiment un guide extraordinairement fiable que ce Schwarzinger, reprit-il, comme cela s'est d'ailleurs avéré sur le Cima Undici, lors du fameux passage de l'arête, lorsqu'une pierre s'est détachée...

Ils montèrent l'escalier qui menait au premier étage.

— Vous êtes remarquablement renseigné ! s'écria le baron, agréablement surpris. J'ai deviné ! Vous étiez à la conférence que j'ai donnée en juillet au Touring Club !

— Vous avez bien deviné ! dit le Dr Kircheisen pour se donner une contenance.

Mais sa voix manquait totalement d'assurance... « Il est donc effectivement celui qu'il prétend être. J'ai fait complètement fausse route. Dans ce cas, comment expliquer sa conduite à l'égard de sa fiancée ? Faisons encore une tentative... »

— N'avez-vous pas retrouvé également des traces de votre malheureux prédécesseur ? demanda-t-il.

— Bien sûr ! J'en ai parlé dans ma conférence. A cent pas devant le premier champ de neige, en contrebas de la crevasse, le piolet de Mac Culloch est aujourd'hui encore visible dans les éboulis.

« ... Plus aucun doute n'est permis. Il n'est autre que le " baron fou " en personne ! Une chance que je n'ai rien laissé paraître de mon stupide soupçon... Je me serais vraiment couvert de ridicule... »

— Vous n'aviez jamais vu Mac Culloch ? demanda le baron en montant deux marches à la fois. Je l'ai bien connu. C'était quelqu'un de très fermé qui ne parlait que rarement et encore, de façon très laconique. Il avait toujours un sourire sarcastique au coin des lèvres. J'ai fait deux courses avec lui, il y a des années. Les Tours Vajolett et la Mitre : c'était ma première expédition. J'étais un débutant, à l'époque. Je crois que je ne me suis pas trop mal comporté, mais il n'a jamais eu pour moi le moindre mot d'encouragement ; il ne s'est jamais départi de son sourire moqueur et supérieur.

Le baron gravissait l'escalier avec fougue et entrain.

— Voyez-vous, reprit-il, c'est la raison pour laquelle j'ai toujours eu envie et espoir de gravir cette face nord du Cima Undici, sur laquelle Mac Culloch avait échoué. Et je l'ai vaincue ! Je me suis prouvé à moi-même que ce sourire impertinent de Mac Culloch était une imposture à laquelle il ne croyait pas lui-même.

Le baron reprit sa respiration, sauta à nouveau quelques marches et poursuivit :

— Voyez-vous, docteur, il y avait un endroit, sur le Cima Undici, juste avant le sommet, qui était encore plus difficile à franchir que la crevasse où Mac Culloch a trouvé la mort, une paroi lisse et à pic, n'offrant presque aucune prise. Nous avons procédé de la manière suivante : Schwarzinger est monté sur mes épaules, je me suis redressé lentement et, avec ce poids sur le dos, j'ai longé la paroi sur une longueur de trois pas, jusqu'à ce que Schwarzinger pût agripper une prise sur la roche.

Le baron se retourna vers le médecin et, pour mieux lui représenter la scène, mima le geste en s'aidant de la rampe.

— Mais Schwarzinger, reprit-il en continuant de monter l'escalier d'un pas alerte, Schwarzinger ne trouvait pas la moindre aspérité. N'ayant moi-même aucun appui, je nous voyais déjà tous les deux, Schwarzinger et moi, nous écraser l'instant d'après au fond du ravin si je ne parvenais pas à me libérer du poids que j'avais sur les épaules. Mon pied commençait à glisser quand j'entendis Schwarzinger, au-dessus de ma tête, hurler : « Tenez bon ! Au nom du ciel, tenez bon ! »

Le baron reprit sa respiration, tremblant d'excitation.

— Et j'ai tenu bon, jusqu'à ce que Schwarzinger ait enfin trouvé une prise. Aujourd'hui encore, je ne sais pas comment j'ai fait. Ce n'est pas seulement avec les pieds et les mains, c'est avec tout mon corps, mes genoux, mes épaules, ma poitrine, que je me suis agrippé, collé contre la roche telle une ventouse. Lorsque nous fûmes arrivés au sommet, Schwarzinger me dit : « Je ne referai jamais cela avec personne, même pour une fortune ! Mais avec vous, monsieur le baron, autant de fois que vous voudrez ! »

Dans ces circonstances, docteur, il ne s'agit plus d'habileté, de courage ou d'opiniâtreté. Non, tout dépend de votre seule force physique, d'elle seule et de rien d'autre !

Le Dr Kircheisen ferma les yeux. Il essayait de se représenter en pensée la terrible scène. Il voyait les gigantesques parois rocheuses, les abîmes vertigineux, il entendait le bouillonnement du torrent, sentait sur lui le souffle du vent glacé qui venait des neiges éternelles et, au milieu de cet univers terrifiant, il voyait le baron qui, son fardeau sur les épaules, avançait pas à pas, impavide, le long de la roche lisse, avec sous ses pieds le gouffre béant.

La défiance du Dr Kircheisen s'était évanouie depuis longtemps. Il ne nourrissait plus qu'admiration pour cet homme qui, face à d'aussi grands périls, était capable de déployer une telle force surhumaine...

Soudain, il ressentit un léger choc. Le « baron fou », celui qui avait vaincu la face nord du Cima Undici, venait de s'écrouler dans ses bras, au beau milieu de l'escalier. Désemparé, tremblant, haletant, il balbutiait, avec un sourire triste et fatigué :

— Docteur... je n'en peux plus... Aidez-moi à monter... Toutes ces marches... J'ai... j'ai trop présumé de mes forces... L'escalier est trop... trop raide...

Les cailles d'Allahabad

Le Dr Kircheisen fut forcé de dîner seul. Après le malaise du baron, dans l'escalier, il avait dû transporter celui-ci dans son bureau ; le vieil homme s'était allongé sur le sofa et endormi aussitôt.

Le Dr Kircheisen repoussa l'assiette de fruits, alluma un cigare et se tourna vers Philippe, le valet de chambre, qui l'avait servi à table :

— Vous ne voyez vraiment rien d'autre ? demanda-t-il. Vous ne pouvez pas vous souvenir s'il est déjà arrivé au baron de se plaindre, auparavant, de quelque chose ? De douleurs dans la nuque, par exemple, ou de vertiges, de tremblements dans les mains ?

— Je suis tout à fait certain de n'avoir jamais entendu monsieur le baron parler de ce genre de choses ! répondit le serviteur.

— La maladie que j'ai diagnostiquée chez votre maître ne se déclare pas d'un jour à l'autre. C'est un mal très grave, avec laquelle on ne plaisante pas. Vous avez déjà entendu ce mot : artériosclérose ?

— Jésus Marie ! s'écria le vieux serviteur.

— Ce qui lui est arrivé tout à l'heure dans l'escalier n'est pas l'effet de la fatigue. Ce n'était ni plus ni moins qu'une légère attaque. Appelons les choses par leur nom !

— Jésus Marie Joseph ! bredouilla Philippe, épouvanté.

— Alors essayez donc de réfléchir encore une fois ! Vous n'avez vraiment jamais entendu votre maître se plaindre du moindre trouble ?

Le serviteur secoua la tête.

— Je l'ai toujours vu en parfaite santé. Il y a quatre ou cinq jours, il a eu un furoncle au cou que son médecin traitant lui a enlevé. Vous avez peut-être remarqué son pansement. Mais c'est tout. Monsieur le baron, sinon, s'est toujours porté à merveille.

— Écoutez ! fit le Dr Kircheisen, il s'agit d'une maladie qui procède méthodiquement, je dirais presque : rationnellement. Elle n'attaque pas tout de suite à l'artillerie lourde. Elle se manifeste d'abord par quelques symptômes secondaires : maux de tête, tremblement des mains et autres légers troubles. Ensuite seulement apparaissent les alertes plus sérieuses, dans une sorte de progression. Vous voyez ce que je veux dire ? Comme lorsque, en vous levant le matin, vous enfilez d'abord votre gilet, puis votre livrée...

— Je vois très bien ce que vous voulez dire, docteur. Mais cette fois-ci, la maladie est arrivée d'un seul coup !

— C'est absolument impossible ! Je vais prendre contact avec le médecin de famille du baron.

— Oui, c'est ce qu'il y a de mieux à faire. Peut-être trouverez-vous à vous deux le moyen de sauver le jardinier.

— Mais je vous parle de votre maître ! Il ne s'agit pas d'Ulam Singh ! On ne peut plus rien pour lui, il ne passera pas la nuit.

— Essayez encore ! Essayez quand même, docteur ! Peut-être trouverez-vous un moyen ? gémit le vieux serviteur.

— Je m'inquiète avant tout de votre maître. Vous semblez aussi peu conscient de la gravité de la situation que le baron lui-même ; sinon, vous ne vous occuperiez pas sans cesse, comme vous le faites, du jardinier, qui n'a rien à voir avec la maladie de votre maître. Celui-ci souffre d'artériosclérose et continue malgré cela à fumer les plus gros cigares, à boire les vins les plus capiteux, et à n'avoir en tête qu'équipées et courses alpestres. Il faut qu'il change du tout au tout. Le mieux est que j'aie une conversation avec la baronne. C'est apparemment la seule personne, dans cette maison, qui ait l'âge de raison !

Cette dernière remarque parut jeter le vieux Philippe dans le désarroi le plus profond.

— Vous n'allez pas faire cela, dites, docteur ? Il ne faut surtout pas ! s'écria-t-il vivement.

— Et pourquoi pas ? Il va de soi que je ménagerai la baronne. J'agirai avec le plus de délicatesse possible.

— Le docteur ne devrait pas inquiéter notre baronne. Il ne sert à rien de parler avec elle de tout ceci.

— Vous avez beau dire, il est de mon devoir de médecin de faire en sorte qu'elle persuade son père de changer ses habitudes de vie, pendant qu'il en est encore temps.

— Vous devez me croire, docteur : il est inutile de parler de tout cela avec notre baronne. Son influence sur le baron n'est pas aussi grande que pourrait le croire le docteur.

Le vieux Philippe sortit de sa poche un mouchoir à pois bleus et essuya la sueur de son front.

Le Dr Kircheisen réfléchit un instant.

— Qui est le médecin de famille ? demanda-t-il.

— Monsieur le docteur Bäumel, 14 rue Schönbrunn.

— Appelez-le au téléphone, s'il vous plaît !

L'information que le Dr Kircheisen recueillit grâce à cette conversation téléphonique ne fut pas de nature à le satisfaire pleinement. Le médecin lui-même n'était pas chez lui, mais sa femme put constater, d'après les carnets de son mari, que celui-ci n'avait fait ces dernières années que trois visites à la villa. Le Dr Bäumel avait été appelé à deux reprises, l'automne dernier, pour une légère grippe de la baronne. Et puis encore une fois, voici cinq jours, pour opérer le baron d'un petit furoncle. A part cela, le baron n'avait jamais requis pour autre chose les services de son médecin de famille. Il n'y avait rien, d'après les notes que sa femme avait sous les yeux, qui indiquât que le Dr Bäumel, au cours de l'une de ces trois visites, eût relevé chez le baron les symptômes d'une grave maladie.

Le Dr Kircheisen, avec des hochements de tête pensifs, allait et venait dans la pièce. Le caractère du baron commençait à se dessiner clairement devant ses yeux. Voilà un homme qui, avec une énergie aussi admirable que risible, s'efforçait par tous les moyens de cacher à ses domestiques, à sa fille, à sa fiancée, à son médecin et en fin de compte à lui-même, les marques de son âge ; un homme fatigué qui, durant des années, avait donné aux autres l'image de quelqu'un d'éternellement jeune, d'indestructible — le « baron fou » — et qui n'avait jamais fait sien le plus sage, le plus précieux précepte : quitter la scène lorsque la pièce est jouée et laisser place à la jeunesse, la seule, la vraie... « Mais peut-être, se disait le Dr Kircheisen, peut-être son malaise de tout à l'heure va-t-il lui ouvrir les yeux... Peut-être va-t-il comprendre que la nature ne se laisse pas abuser et tromper comme son valet ou sa fiancée, et qu'elle nous rappelle toujours à l'ordre lorsqu'on feint de rester sourd à ses discrets avertissements... »

Le Dr Kircheisen fut tiré de ses réflexions par un domestique venu le prier de passer dans le bureau du baron.

Celui-ci était réveillé et semblait attendre le médecin avec impatience. Il allait et venait dans la pièce, la tête baissée, un cigare allumé à la main. Il avait enlevé sa veste et son gilet, car la pièce était surchauffée, avec la fenêtre fermée et le feu qui continuait de brûler dans la cheminée.

— Excusez-moi de m'être mis à l'aise, commença le baron, je vous ai fait venir parce que... — mais qu'est-ce que vous voulez à mon cigare, docteur ?

Le Dr Kircheisen lui avait pris le cigare des mains et l'examinait :

— Naturellement ! Encore un havane ! Votre médecin ne vous a donc pas interdit de fumer, monsieur le baron ?

— Aucunement ! Vous trouvez que je devrais arrêter de fumer ?

— Je vous l'interdirais formellement, si vous me demandiez mon avis !

C'est à ce moment, tandis qu'il avait en face de lui le baron sans veste ni gilet, que le Dr Kircheisen remarqua le pansement que celui-ci portait au cou et qu'il se souvint que la femme du médecin de famille ainsi que le valet de chambre avaient effectivement parlé d'un furoncle qui avait été opéré il y a quelques jours.

— Artériosclérose, n'est-ce pas ? demanda soudain le baron.

Il prononça ce mot d'un air indifférent, mais sur un ton si hésitant, si mal assuré, qu'il sembla au médecin que celui-ci arrivait pour la première fois sur les lèvres du baron.

— Je ne peux pas admettre que votre médecin de famille ne vous ait pas éclairé sur votre état.

— J'y ai pensé tout de suite, dès que j'ai senti pour la première fois cette lourdeur, au niveau de la nuque...

Le baron parlait à voix basse, presque pour lui-même.

— Éprouvez-vous cette gêne depuis longtemps déjà ? demanda le médecin.

— Oui, depuis quelque temps, fit le baron. C'est justement la raison pour laquelle je vous ai demandé de venir. Docteur, il faut absolument faire quelque chose, et vite, avant qu'il ne soit trop tard.

— Naturellement. Vous allez d'abord cesser de fumer, ou tout au moins réduire votre consommation, éviter tout surmenage physique et vous tenir, pour vos repas, au régime sévère que je vais vous prescrire.

— Je ferai tout ce que vous voudrez, je vous le promets, mais...

Il réfléchit un instant.

— Mais... reprit-il, il faut d'abord que vous donniez le traitement à Ulam Singh...

Le médecin commença à donner des signes d'impatience et d'agacement. Cette désinvolture du baron ! Cette incapacité à rester sur son sujet, à aller jusqu'au bout d'une idée ! Le voici qui recommençait avec Ulam Singh !

— De quel traitement voulez-vous parler, monsieur le baron ? demanda le Dr Kircheisen d'un ton énervé.

— Du traitement qui pourrait le ramener à la vie pendant une demi-heure...

— Vous faites allusion à quelque chose de précis ?

— Vous savez très bien à quoi je pense. Le traitement que vous avez mis au point, docteur !

— Ah ! le sérum Karasin ?

— Oui, le sérum Karasin ! C'est cela ! Je cherche après ce nom depuis vingt-quatre heures sans parvenir à le retrouver !

— Mais comment connaissez-vous l'existence de ce sérum, monsieur le baron ?

— Je sais que vous l'avez mis au point en collaboration avec le professeur Karasin.

— Ce n'est pas tout à fait exact. Le professeur Karasin, le célèbre chimiste, n'a rien à voir avec le sérum. Il est mort il y a douze ans. J'ai travaillé en réalité avec l'un de ses élèves, le docteur Tilgner, et c'est par fidélité à la mémoire de son maître que nous avons donné son nom au sérum que nous avons trouvé. Mais comment connaissez-vous aussi précisément les effets de ce sérum ? Le docteur Tilgner et moi n'avons pas encore publié le résultat de nos recherches communes.

— J'ai suivi les débats de cette affaire judiciaire... à l'automne dernier, comment s'appelait-elle, déjà ?

— C'est donc cela ! Vous avez lu les articles de presse sur le procès des meurtriers du rentier Hallasch et de sa sœur ?

— Effectivement ! L'affaire Hallasch !

— Alors vous devez savoir également qu'il m'est interdit d'utiliser le sérum Karasin, dit le médecin d'un ton grave.

— Pourquoi ? Vous en avez bien fait usage, à l'époque ! C'est d'ailleurs de cette manière que je connais votre nom, docteur !

Le Dr Kircheisen comprit tout à coup pourquoi le choix du baron s'était porté précisément sur lui, bien qu'il ne fût pas praticien. Le baron avait relevé dans les journaux le nom du sérum et de son inventeur à l'occasion du procès Hallasch. Il n'avait eu en tête, depuis le début, que ce sérum, dont il avait imaginé on ne savait quels effets extraordinaires. Il s'agissait désormais de le détromper au plus vite.

— Il ne saurait être question, malheureusement, de recourir au sérum Karasin. Vous semblez ignorer que l'amélioration apparente qu'il provoque chez le patient s'accompagne de funestes conséquences. A peine une heure après, quelquefois moins, se produit une réaction violente qui, la plupart du temps, se conclut par l'arrêt définitif des fonctions cardiaques. Le docteur Tilgner et moi n'avons hélas ! pas achevé l'œuvre entreprise. Notre sérum abrège immanquablement les jours du malade et c'est la raison pour laquelle je n'ai pas le droit de l'utiliser.

— Et dans l'affaire Hallasch ? s'écria le baron avec un air effaré.

— Les circonstances étaient différentes. Le rentier Anton Hallasch avait été assassiné, sa sœur Pétronella, qui tenait son ménage, blessée mortellement. Le soupçon du crime pesait sur leur locataire, l'employé de magasin

Emil Neubauer qui cependant, comme il s'avéra plus tard, était complètement innocent. La seule personne qui pût l'innocenter, Pétronella Hallasch, était à l'agonie et ne pouvait être entendue. C'est alors que, sur ordonnance de la défense, j'ai administré à Pétronella Hallasch une injection de Karasin, pour lui faire reprendre conscience l'espace de quelques minutes. Et elle a alors effectivement désigné le véritable coupable. La vie d'un innocent était en jeu, et c'est pourquoi je n'ai pas eu de scrupules à employer le sérum. Mais cette fois-ci...

— Cette fois-ci également, la vie de quelqu'un est en jeu ! interrompit le baron.

— Quelle vie ?

— La mienne !

— Je ne vous comprends pas, monsieur le baron !

— Non, vous ne me comprenez pas et ne me comprendrez jamais ! Docteur, je suis gravement malade, comme vous le savez. Seul Ulam Singh peut me sauver. Il lui suffit pour cela d'être en mesure de penser et d'agir pendant une demi-heure seulement. Peu importe ce qui arrivera ensuite ! S'il meurt... N'avez-vous pas dit vous-même que son cas était désespéré ?

— Vous attendez une action thérapeutique de votre jardinier indien ? Voilà qui est très intéressant ! Je devrais sans doute saluer en lui une sorte de confrère ? demanda ironiquement le Dr Kircheisen.

— Non. Ulam Singh n'est pas médecin. Mais il est pourtant le seul qui puisse m'aider.

— Une sorte de charlatan exotique ? Je crains, monsieur le baron, que nos braves guérisseurs de campagne, qui ont déjà tant à souffrir de l'insidieuse concurrence des médecins, n'apprécient guère ce nouveau commerce déloyal...

— Vous vous moquez de moi, docteur. Vous incarnez la pensée scientifique européenne, rationaliste et positiviste. Je ne parviendrai jamais à vous convaincre qu'il existe là-bas une autre forme de science, certainement plus ancienne et peut-être plus profonde que la vôtre, et qui prête à ses adeptes des forces, des capacités que vous ne soupçonnez pas.

Il y avait quelque chose dans la voix du baron qui convainquit le médecin d'abandonner son ton moqueur et de donner à la discussion un tour beaucoup plus sérieux.

— Mais si ! reprit-il, j'ai entendu beaucoup de choses à ce propos et j'ai lu également quelques documents. Mais vous ne croyez pas sérieusement que l'un quelconque de ces tours de fakir ne puisse trouver une explication scientifique satisfaisante ? Tout n'est certainement, dans la plupart des cas, qu'une question d'entraînement physique, comme par exemple cet exercice pratiqué par de nombreux fakirs, qui consiste à se laisser enterrer vivant — pour autant, d'ailleurs, qu'il ne se révèle pas une simple et vulgaire supercherie. D'autres expériences reposent apparemment entièrement sur la force de suggestion. A cette dernière catégorie appartient probablement l'expérience avec le sarment de haricot, dont on a tant parlé il y a quelque temps.

Sur ces derniers mots du Dr Kircheisen, le baron se leva, appuya les bras sur son bureau et regarda attentivement le médecin.

— Qu'est-ce que cette expérience avec le sarment de haricot ? demanda-t-il.

— L'expérience avec le sarment de haricot ? Elle a été présentée pour la première fois, si ma mémoire est bonne, voici deux ans, au sein de la Société de psychologie de Zurich, devant une petite assemblée de savants. Un fakir indien est venu planter un haricot dans le sol. En l'espace d'une demi-heure, il a poussé une tige de deux mètres de haut, qui s'est garnie de fleurs. Puis il a répété l'expérience dans l'autre sens, pour retrouver à la fin le haricot tel qu'il l'avait enfoui. Il a recommencé plus tard la même expérience avec un rosier. Je n'étais d'ailleurs pas personnellement présent à cette séance et je ne connais l'histoire que d'après ce qu'en ont rapporté les journaux. Tant que je n'aurai pas de mes yeux vu et vérifié les faits, je persiste à les considérer comme une supercherie remarquablement mise en scène.

— Et si je vous disais que j'ai pu, moi, voir et vérifier cette expérience de mes propres yeux et que je suis en mesure de vous affirmer qu'il n'y a aucune supercherie ?

Le baron s'était redressé. Tout son corps tremblait d'excitation.

— En Inde ? demanda le médecin.

Il avait sorti d'un étui un petit thermomètre qu'il glissa sous l'aisselle du baron.

— Non ! Dans cette maison !

— Dans une mise en scène d'Ulam Singh, probablement, n'est-ce pas ?

— Oui, docteur ! Comprenez-vous maintenant pourquoi sa vie m'est si chère ?

— Est-ce que, à part vous, d'autres personnes plus... disons à l'esprit plus critique ont assisté à ces expériences ?

— J'en ai été le seul témoin.

— Et êtes-vous certain, dans ces conditions, que vous n'avez pas été victime d'une hallucination (le Dr Kircheisen eut un sourire) ou, si vous préférez, de votre manière inexpérimentée, peu scientifique d'envisager ce genre de phénomène ?

— Donnez-lui le sérum Karasin ! Faites qu'il soit à nouveau conscient pendant une demi-heure et vous constaterez, vous vérifierez vous-même l'expérience, je vous le promets !

— Je n'ai pas le droit, monsieur le baron, d'abréger délibérément, par simple curiosité scientifique, la vie de ce malade qui, d'après tout ce que vous me racontez, constitue incontestablement un cas très intéressant... dit le Dr Kircheisen avec un sourire.

— Vous ne me prenez toujours pas au sérieux, docteur ! Si seulement vous vouliez bien enfin me croire !

— Vous vous trompez, je crois tout ce que vous me dites, cher monsieur le baron ! répondit le médecin d'un ton conciliant en enlevant le thermomètre de l'aisselle du baron. Évidemment ! Je m'en doutais ! fit-il, trente-neuf six ! Vous avez de la fièvre, monsieur le baron !

Il rangea le thermomètre dans son étui et reprit :

— Une fièvre traumatique, apparemment. Vous avez dû subir une légère intervention il y a quelques jours, dit-il en désignant le pansement que le baron portait au cou. Si vous le permettez, je vais vous le changer. La bonne vieille médecine européenne, rationaliste et positiviste, est peut-être encore bonne à quelque chose, vous ne croyez pas ?

Le Dr Kircheisen détacha l'épingle de sûreté qui retenait le bandage blanc.

— Ce n'est probablement qu'une vétille, ce furoncle, mais à votre âge il faut être prudent, même pour des choses insignifiantes. A propos, quel âge avez-vous donc, monsieur le baron, si je puis me permettre de vous poser cette question ?

Le baron parut trouver la question déplacée.

— Pourquoi tenez-vous à le savoir ? demanda-t-il, j'ai toujours vieilli à mon propre rythme. Chacun a le sien : certains sont pressés, d'autres prennent leur temps.

— Je parle de votre âge selon l'état civil, monsieur le baron.

Le baron ne répondit pas. Le Dr Kircheisen commença à détacher avec précaution le bandage du cou de son patient.

— En Inde, dans la ville d'Allahabad, fit soudain le baron, on m'a servi à déjeuner des cailles qui avaient quatre semaines et qui pourtant avaient vu plusieurs centaines de fois se lever et se coucher le soleil. Elles avaient la chair tendre des jeunes bêtes, bien qu'elles fussent très vieilles et engraissées par l'âge...

— Comment est-ce possible ? demanda le Dr Kircheisen.

— Les cailles se nourrissent toujours à un moment précis de la journée, au lever du soleil. Les Indiens tirent parti de cette caractéristique. Ils enferment dans une cave sombre les cailles qui doivent être engraissées. Lorsqu'on ouvre les portes et que la lumière du jour pénètre dans la cave, les stupides bêtes croient que c'est le matin et se mettent à carcailler et à manger. Au début, on répète l'opération deux fois par jour, ensuite plus souvent et pour finir presque chaque heure. De cette manière, les cailles vieillissent et engraissent prématurément. Elles croient avoir vécu leur temps lorsqu'elles sentent le couteau de cuisine sur leur gorge et se laissent faire, contentes de leur sort. Quel sens cela aurait-il de se demander, pour ces volatiles, quand exactement ils sont sortis de leur coquille ? Ils ne savent pas si, entre le lever et le coucher du soleil, toute une journée ou un simple intervalle de quelques minutes s'est écoulé.

— Très intéressant, fit distraitement le Dr Kircheisen. Je pensais au début que vous alliez me raconter à nouveau je ne sais quel tour de fakir. C'est en tout cas une histoire à la fois amusante et chargée de sens philosophique que l'élevage de ces cailles d'Allahabad...

— Vous trouvez cela vraiment amusant ? demanda le baron.

Le Dr Kircheisen n'écoutait plus que d'une oreille. Il tenait à la main le pansement.

— Juste ciel ! fit-il, on peut dire que vous avez perdu beaucoup de sang ! Toute la bande est imbibée. Attendez, j'enlève encore l'ouate, en mouillant éventuellement avec un peu d'eau... non, ce n'est même pas nécessaire, cela ira ainsi... Voilà, c'est presque fini, mais... — pardieu ! qu'est-ce que cela veut dire ?

Le médecin posa le morceau d'ouate imbibé de sang, prit entre ses mains la tête du baron, la tourna vers la gauche et vers la droite.

— Qu'y a-t-il, docteur ?

— Cela dépasse mon entendement ! Je ne vois pas la moindre trace de plaie !

— C'est impossible ! s'écria le baron.

— Pas la moindre trace de plaie ni de la plus légère contusion ! Vous n'avez jamais été opéré à cet endroit. Je ne comprends pas pourquoi vous avez noué autour de votre cou un bandage imbibé de sang !

— Vous devez vous tromper, docteur. Mon médecin traitant m'a opéré au cou voici cinq jours, à neuf heures et demie du matin, après m'avoir torturé toute la nuit avec des cataplasmes d'argile acides comme du vinaigre. Il m'a fait une anesthésie locale au Chlorätyl-spray avant d'enlever l'anthrax d'un coup de bistouri.

— Impossible ! Il devrait rester sur la peau une petite cavité ronde, caractéristique, comme un trou de poinçon ! Mais je ne vois rien !

— Vraiment ? Je n'ai aucune plaie au cou ? s'écria le baron. Que signifie encore cette machination diabolique ?

Il fit glisser son index le long de son cou et de sa nuque.

— Docteur ! Donnez-moi un miroir ! Il y en a un, là, sur le mur !

— Je ne vois rien du tout sur le mur.

— C'est vrai ! J'oubliais que je les ai tous décrochés moi-même hier ! Il doit être là, dans le tiroir du bureau.

Le Dr Kircheisen sortit le miroir. Soudain, le baron se frappa le front de la main et se laissa tomber dans son fauteuil.

— Bien sûr ! fit-il d'une voix rassérénée. Comment n'y ai-je pensé plus tôt ?

— Je ne comprends pas ce que cela signifie ! intervint le médecin.

— Tout s'explique !

— Alors expliquez-moi !

— C'est la chose la plus naturelle du monde ! s'écria le baron en partant d'un rire rauque.

— Ce qui veut dire...

— Peut-être ceci n'est-il d'ailleurs, après tout, qu'un tour de passe-passe parfaitement réglé ? N'est-ce pas ce que vous disiez, tout à l'heure ? Ou peut-être une autosuggestion, n'est-ce pas, docteur ?

— Vous vous moquez de moi, monsieur le baron ? Qu'est-ce que votre opération aurait à voir avec cette expérience du sarment de haricot ?

Le baron Vogh n'eut pas le temps de répondre au médecin. Il se produisit en effet à cet instant un événement si inattendu, si effrayant qu'il relégua aussitôt à l'arrière-plan l'énigme du pansement imbibé de sang.

Le baron s'était levé d'un bond et s'efforçait d'ouvrir la fenêtre de ses doigts tremblants.

— Vous entendez, docteur ? Vous avez entendu ?

— Oui, quelqu'un a crié. En bas, dans le jardin.

La fenêtre s'ouvrit brutalement. Le baron se pencha.

Un cri, à nouveau, retentit, depuis le jardin. Mais plus fort cette fois-ci.

— C'est Gretl ! s'écria le baron, c'est la voix de Gretl ! Qu'est-il arrivé ?

Des bruits de pas sur le gravier, ceux de quelqu'un qui, en proie à une terrible émotion, arrivait en courant dans l'allée.

— Philippe ! hurla le baron, Philippe ! Qu'est-il arrivé ?

— Monsieur le baron, dit en gémissant la voix du vieux Philippe arrivé hors d'haleine sous la fenêtre, encore un serpent ! Le petit chien de la baronne... il a été mordu !...

Dans la forêt tropicale

De tous les événements étranges et troublants qui assaillirent ce jour-là le malheureux Dr Kircheisen, c'est l'aventure dans la petite serre tropicale du baron qui fit sur les nerfs du médecin l'impression la plus profonde, la plus tenace. Pendant longtemps, il ne put chasser de sa mémoire le souvenir de cette mystérieuse jungle indienne dans le jardin des orchidées de la maison vitrée et, encore des années après cette image fantastique s'immisçait sans cesse dans ses rêves. Il s'éveillait alors en hurlant, se débattait sauvagement, poussait des cris de terreur ou d'objurgation, jusqu'à ce que la vieille Bettina entrât dans sa chambre en dodelinant de la tête, une lampe à la main, et le ramenât à la réalité avec ses lamentations.

— Docteur ! Voyons, docteur ! Vous êtes encore à chasser le serpent dans la forêt vierge, je suis sûre !

C'est sans doute une très curieuse exigence que de demander à un médecin venu tout à fait innocemment visiter un malade de participer à une chasse au serpent dans la forêt tropicale indienne. Le Dr Kircheisen trouva à juste titre qu'il n'entrait pas véritablement dans ses compétences professionnelles d'aider le baron à mettre hors d'état de nuire le reptile venimeux qui circulait dans la serre. Le Dr Kircheisen n'avait rien d'un héros. Il voulut d'abord refuser énergiquement. Un vague sentiment l'envahit, qu'il devait bien exister, dans cet État parfaitement organisé, un fonctionnaire quelconque ayant dans ses attributions celle d'exterminer les animaux dangereux de ce genre... mais bien sûr ! L'équarrisseur ! L'équarrisseur municipal ! Il lui revint aussitôt en mémoire cette phrase, qu'il avait lue ici et là dans les journaux, à propos de chiens errants contaminés par la rage : « ... remis pour élimination aux soins de l'équarrisseur... »

Mais juste à l'instant où cette pensée lui traversait l'esprit, il vit la baronne monter l'escalier en sanglotant, tenant entre ses bras le corps de son petit fox Billy. Et c'est ce spectacle qui détermina le Dr Kircheisen à prendre la décision la plus héroïque de sa vie.

Il sentit son cœur submergé par une vague de courage et d'audace.

— Baronne ! fit-il, ne pleurez plus ! Je vais venger votre pauvre petit chien ! Comment l'accident est-il arrivé ?

— Billy a bondi hors de la serre en hurlant atrocement, il s'est mis à courir dans tous les sens, dit la baronne entre deux sanglots, puis il est tombé, il a agité ses petites pattes en l'air et il est mort.

— Le serpent est donc dans la serre ! Venez, monsieur le baron !

— Un instant, docteur ! fit le baron, attendez-moi, j'ai certaines choses à préparer pour notre expédition. Toi, mon petit moineau, tu restes à la maison et tu ne sors pas dans le jardin avant que je te le dise.

Le baron disparut dans la pièce voisine.

Le Dr Kircheisen se tourna vers « le petit moineau ». Il trouvait que ce nom n'allait pas du tout à la baronne.

— Vous aimiez beaucoup votre chien ? demanda-t-il à la jeune demoiselle.

— Billy était tout ce que je possédais au monde ! Mon pauvre Billy ! gémit la baronne en essuyant du revers de la main les larmes qui coulaient de ses grands yeux bleus.

— Vraiment ? La seule chose ? Il n'y aurait donc aucun être humain qui soit un peu cher à votre cœur ? demanda le Dr Kircheisen.

— Un être humain ? Ils sont tous ennuyeux. Je préfère la compagnie des chiens.

— C'est curieux, reprit le Dr Kircheisen, comme nous sommes du même avis. Me croiriez-vous si je vous disais que j'ai moi aussi parfois le sentiment qu'une amitié véritable, sincère, n'est possible qu'entre l'homme et l'animal ? Mais je dois avouer que je n'ai encore jamais eu le courage de dire tout haut ma pensée. Vous avez quelques années d'avance sur moi, dans votre maturité intellectuelle, baronne !

La jeune demoiselle ne répondit pas, continuant à caresser le corps de son petit chéri.

— Mais j'oubliais ! Vous n'appréciez pas les compliments, n'est-ce pas, baronne ?

La baronne sécha les larmes sur ses joues.

— Non, dit-elle, rien ne m'ennuie plus que lorsque des gens me disent que je suis bien coiffée ou que j'ai une jolie robe. Ce genre de personnes, je les évite ou je les laisse en plan.

— C'est en effet une méthode très efficace pour faire perdre aux beaux messieurs l'habitude de débiter des galanteries. Moi non plus, je n'apprécie guère ce genre de personnages. D'une manière générale, d'ailleurs, je trouve que nous avons de nombreux points communs...

— Oui, dit la baronne d'un air songeur, vous aussi vous aimez les chiens. Dites-moi : est-ce que vous aimez aussi faire la grasse matinée ?

— Je voudrais bien, mais je ne peux malheureusement pas me permettre toujours ce plaisir. Je suis surchargé de travail.

— Moi aussi ! fit la baronne, il faut que j'apprenne des tas de choses inutiles ! C'est papa qui l'exige. Croyez-vous qu'il va m'acheter un nouveau petit fox ?

— Je crois qu'il ne pourra pas faire autrement.

— N'est-ce pas? fit vivement la baronne, mais un jarreux, cette fois-ci! Adieu, docteur! Il faut que je monte. Vous êtes beaucoup plus sympathique que l'autre.

— Quel autre? demanda le Dr Kircheisen, à la fois inquiet qu'il y ait quelqu'un d'autre et content de lui être préféré.

Il retint la main délicate de la jeune demoiselle dans la sienne.

— L'autre docteur, le vieux ronchon! dit la baronne en riant.

Elle dégagea sa main et le Dr Kircheisen eut l'impression qu'elle avait honte de cet aveu discret, à demi voilé. Il la suivit du regard, heureux de voir naître, entre lui et cette demoiselle, un sentiment qui était certainement beaucoup plus que de la simple sympathie; il était décidé à mériter l'estime de la baronne par une action héroïque.

— Philippe! dit-il en se tournant vers le vieux serviteur qui entrait à l'instant, nous allons inspecter l'intérieur de la serre! Surtout la chambre d'Ulam Singh. Conduisez-moi, s'il vous plaît!

La pièce qu'avait habitée le jardinier indien était située dans un avant-corps en forme d'appentis qui avait été adjoint à la façade arrière de la serre; elle se révéla n'être qu'un réduit sans fenêtre, aux murs nus, éclairé seulement par la faible lumière filtrant par la porte vitrée. Quelques nattes dans un coin, une table en planches brutes, sans doute bricolée par Ulam Singh soi-même, composaient l'unique mobilier. Diverses bricoles, qui constituaient tous les ustensiles quotidiens de l'Indien, étaient étalées à même le sol : quelques pots en terre cuite, un pilon à broyer le riz, un bracelet en laiton et un chapelet formé de petits grains rouges. Sur la table, deux poignées de noix soigneusement épluchées.

Le Dr Kircheisen examina minutieusement la pièce. Elle ne contenait cependant rien qui pût fournir le moindre indice permettant de deviner où, comment et pourquoi l'Indien se livrait à son mystérieux élevage de serpents. Il n'y avait là aucun panier, aucun récipient dans lequel Ulam Singh aurait pu garder les dangereux animaux, aucun reste de nourriture, pas la moindre trace de vie de reptiles venimeux. Le Dr Kircheisen hocha la tête et inspira profondément par le nez. Il flottait dans la pièce tous les relents possibles, surtout de graisse et de suif, mais rien de cette odeur pénétrante caractéristique que répandent les serpents.

— Où conduisent ces deux portes ? demanda-t-il enfin au vieux Philippe qui attendait, anxieux, sur le seuil, prêt à tout instant à quitter ces lieux dangereux.

— L'une conduit à la chaufferie, l'autre au jardin des orchidées.

— Où le chien a-t-il été mordu ?

— Près des orchidées.

Le médecin ouvrit la porte.

— Venez avec moi, ordonna-t-il au serviteur.

— Monsieur le docteur ira sans moi ! Je ne me risque pas là-dedans !

— Vous avez raison. Attendez ici le baron, je pars en avant !

Le Dr Kircheisen pénétra dans une grande pièce claire où il fut aussitôt submergé par un souffle chaud et étouffant. Un relent fade de moisissure lui monta aux narines, mêlé à une autre odeur, forte et âcre, qui lui piqua les yeux et le fit presque tousser. Il mit plusieurs secondes à s'habituer à ces effluves mêlés qui l'oppressaient. Puis il regarda autour de lui. Quelques arrosoirs, un râteau et d'autres outils étaient étalés sur le sol. Contre les murs se dressaient une demi-douzaine de longues tables étroites, toutes occupées par des pots de fleurs serrés les uns contre les autres. C'étaient des orchidées, pour la plupart banales, d'espèces courantes et même tout à fait ordinaires. Le Dr Kircheisen leur accorda à peine un regard mais demeura en revanche bouche bée devant ce qui s'offrait à sa vue au milieu de la pièce. Dieu du ciel! Quelle vision! Quel mirage! La forêt tropicale indienne!

Il n'y avait pas d'autre mot pour désigner ce morceau de nature sauvage, bruissante, odorante, épanouie, chatoyant de mille couleurs magiques. La forêt vierge de Ceylan, transportée jusqu'ici comme par un miracle des Mille et Une Nuits! Un énorme manguier se dressait au milieu de la serre, avec ses feuilles lancéolées vert bleuâtre, entre lesquelles scintillaient des fruits orange. Autour du tronc s'enroulait un épais lacis de lianes, tel un voile vert que l'on eût jeté sur la ramure de l'arbre. Et dans cet océan de verdure, étincelait de mille couleurs la perle de la flore indienne : la *thumbergia alata,* la liane aux calices violets! La fleur lie-de-vin, là-bas, n'était autre que la délicate bougainvillée et celle-ci, avec ses étoiles jaune miel, la *tithonia diversifolia,* la plus belle liane de Ceylan!

Stupéfait, tremblant d'excitation, le Dr Kircheisen s'approcha tout près du lacis. Il ne savait plus pourquoi il était là, il avait complètement oublié les serpents et toutes les autres bizarreries de cette maison. Le botaniste s'était réveillé en lui. Il n'était jamais allé en Inde. La peur de la contamination, une peur hypocondriaque de contracter on ne sait quelle terrible maladie exotique, la lèpre, la maladie du sommeil ou l'éléphantiasis, l'avait privé de la magie des tropiques. Mais les plus grandes serres d'Allemagne et d'Autriche lui avaient permis d'étudier aussi minutieusement la flore indienne que celle d'Amérique centrale ou d'Amérique du Sud. Il pouvait donc dire ici du premier coup d'œil, avec l'assurance du spécialiste, qu'il se trouvait en face d'une imitation d'une remarquable facture, d'une extraordinaire minutie, donnant à s'y méprendre l'illusion de la réalité, d'un échantillon de la forêt tropicale indienne.

Celui qui avait été capable d'accomplir ce miracle pouvait véritablement revendiquer le titre de savant.

Davantage, même : c'était un artiste ! Il avait recréé, dans un espace de quelques mètres carrés, une miniature du paysage de la jungle tropicale. Tremblant d'émotion, le Dr Kircheisen s'agenouilla au bord du parterre de végétation luxuriante. Cet Ulam Singh — qui d'autre pouvait être l'auteur de ce petit chef-d'œuvre ? — réunissait en lui une profonde connaissance de la flore indienne et un goût très fin, presque esthétique, un sens artistique qui lui avait fait trouver les effets les plus raffinés avec les moyens les plus simples. Pas la moindre exagération : un dégradé de couleurs qui, sous l'arbitraire apparent, n'en était pas moins pensé jusque dans le moindre détail, de sorte qu'aucun contraste violent ne venait choquer l'œil ; tant d'espèces de plantes réunies sur un si petit espace et sans pour autant que l'ensemble parût surchargé ! C'était donc là l'œuvre d'Ulam Singh ! Il n'y avait rien d'étonnant à ce que le baron s'inquiétât et tremblât pour la vie d'un artiste si singulier ! Aucun jardin botanique, aucune serre d'Europe ne pouvait s'enorgueillir d'un tel chef-d'œuvre. Ulam Singh avait surpris les secrets les plus profonds de sa terre natale, il avait su rendre jusqu'au détail le plus infime, apparemment le plus anodin, toutes les caractéristiques de la flore des régions méridionales de l'Inde. Exactement comme dans leur pays d'origine, des *nepenthes destillatoria*, la plante carnivore de l'île de Ceylan, aux feuilles en forme de peigne, s'étaient trouvé une petite place entre les racines du manguier. Et ce n'était pas tout ! Voici encore la *mimosa pudica Ceyl.*, qui jusqu'à présent, en dehors de Ceylan, n'avait été la chère et précieuse propriété que d'un seul jardin botanique, le parc de Francfort, envié par toutes les serres d'Europe pour ce bijou. Oui, c'était bien elle, aucun doute n'était permis ! Elle était là, avec ses feuilles claires et striées qui se repliaient et s'abaissaient au moindre contact. Le baron von Vogh, un simple amateur, un dilettante, avait donc réussi une acclimatation, dont jusqu'à présent une seule parmi les plus hautes autorités de la botanique européenne pouvait se vanter ! Et tout autour du manguier foisonnaient les plus splendides fougères tropicales, aux formes étranges et fantastiques : la *platyceria*, aux frondes matelassées et puis encore l'*asplenium nidus*, avec sa grotesque arborescence nidiforme, dont les feuilles dessinaient d'énormes entonnoirs d'où émanait une forte odeur de moisissure, cette odeur fade qui l'avait si désagréablement surpris lorsqu'il était entré dans la pièce. Et au pied de toutes ces plantes rares s'étalait un épais tapis vert — oui, c'était bien elle, surgie là comme par magie, admirablement disposée, d'une vérité, d'une ressemblance inouïe —, l'*arundinaria walkeriana*, le bambou miniature de la jungle, couche de toute la végétation tropicale !

Mais qu'était-ce encore, là-bas ? Une orchidée que le Dr Kircheisen ne connaissait pas ! Une espèce dont il n'avait jamais entendu parler et qu'il n'avait encore rencontrée dans aucun livre. Elle surgit littéralement des profondeurs du feuillage pour toiser le médecin. Sa fleur dessinait comme une figure humaine grimaçante, un visage de vieille femme laide, fripé et exsangue, avec deux taches sombres à la place des yeux et au milieu, entre ses lèvres méprisantes, une langue écarlate.

Le Dr Kircheisen s'approcha, brûlant de curiosité. Une espèce d'orchidée qui lui était encore inconnue ! Il fallait absolument qu'il demandât de suite au baron son origine et son nom scientifique ! Mais il voulait auparavant l'examiner de près. Il s'agenouilla avec précaution, pour n'abîmer aucune des précieuses plantes, et plongea la main droite dans l'enchevêtrement des feuilles multicolores pour saisir l'orchidée inconnue.

— Pour l'amour du ciel, docteur ! Que faites-vous là ? s'écria à cet instant, derrière son dos, la voix effrayée du baron.

Il se retourna — le baron Vogh se tenait dans l'encadrement de la porte, le visage blême, figé de terreur. Il laissa tomber, dans son effroi, tout ce qu'il avait à la main — quelques baguettes de bambou, plusieurs choses curieuses en cuir (des gants d'escrime, comme il s'avéra plus tard).

— Calmez-vous, monsieur le baron ! dit le Dr Kircheisen, je sais comment m'y prendre. Je n'ai abîmé aucun de vos trésors !

— Mais le serpent ! Sortez vite ! Voulez-vous vous faire mordre ?

Le Dr Kircheisen se releva et regarda le baron d'un air étonné :

— Le serpent ? Ici ?

— Evidemment ! Où voulez-vous que celui-ci ou que ceux-ci se trouvent ? Il peut très bien y en avoir plusieurs.

— Dans ce jardin unique, extraordinaire ? Mais comment seraient-ils arrivés ici ?

— Comment le saurais-je ? s'écria le baron d'une voix rauque, tenez ! Prenez ce gant et ce bâton !

— Quel dommage ! soupira le médecin. Nous n'arriverons pas à attraper ces bestioles sans causer quelques dégâts dans votre superbe jardin exotique. C'est vraiment trop dommage ! Nous allons faire de notre mieux pour épargner les plantes, mais...

— Epargner les plantes ? Que disparaissent toutes ces maudites plantations ! s'écria le baron, complètement hors de lui, que crèvent toutes ces mauvaises herbes !

Il empoigna de sa main gantée l'une des lianes et se mit à secouer et à tirer comme un fou sur le solide épiphyte.

— Monsieur le baron ! Vous n'allez quand même pas détruire toutes ces plantes auxquelles vous avez consacré tant d'efforts et de patience ?

— Je ne veux plus voir ces abominations ! hurla le baron, blême de colère, je ne peux plus les supporter !

Il avait empoigné la splendide orchidée à la face grimaçante et à la langue écarlate ; un coup sec et, l'instant d'après, elle gisait, chiffonnée, sur le sol.

— Mon Dieu, qu'avez-vous fait ? gémit le médecin.

Celle-là au moins, vous auriez pu l'épargner ! C'est une espèce qui m'est complètement inconnue. Où l'avez-vous trouvée ? Comment s'appelle-t-elle ?

— Comment le saurais-je ? Moi non plus je ne connais pas ce chiendent ! rétorqua le baron d'un ton furieux.

Il reprit sa respiration et poursuivit :

— Allez, docteur ! En avant ! Au travail !

Il apporta les pelles et les râteaux posés contre le mur, près de la porte.

— Prenez cela ! Il faut arracher toutes ces saletés, jusqu'à la dernière racine !

— Absolument tout ? Même cette superbe *mimosa pudica* ?

— Qu'est-ce que cette *mimosa pudica* ?

— Comment, vous ne savez pas ? Vous n'allez quand même pas me dire que vous ignorez les trésors que recèle votre jardin ?

— Et vous, docteur, comment savez-vous à quoi ressemble cette *mimosa pudica* ?

— J'ai passé mon second doctorat en sciences naturelles, monsieur le baron. Avant de me consacrer à la toxicologie, j'ai roulé ma bosse pendant des années dans tous les jardins botaniques d'Europe centrale. La *mimosa pudica Ceyl.* est cette plante que vous voyez là, avec ses petites feuilles striées. Remarquez les mouvements qu'elle fait pour se protéger lorsque je la frôle du bout des doigts... Jésus Marie !

Le Dr Kircheisen, qui s'était penché sur la *mimosa pudica*, fit un brusque bond en arrière.

— Que vous arrive-t-il ? s'écria le baron.

— Le serpent ! balbutia le médecin, le visage livide, en portant la main à son cœur.

— Ah ! Il est là-dedans ? Alors, il ne peut pas nous échapper. Prenez votre baguette et tenez-vous prêt !

— Je n'ai encore jamais frôlé la mort de si près ! J'ai

bien failli le toucher ! murmura le Dr Kircheisen dont le visage était toujours aussi blême.

Le baron ne répondit rien. Il s'approcha de l'endroit dangereux et plongea avec précaution, deux ou trois fois, sa badine au creux du massif de verdure.

Il y avait quelque chose dans le comportement du baron qui étonnait et déconcertait le médecin. Il n'eût jamais cru le vieil homme capable d'un tel sang-froid, d'un tel esprit de décision et d'autant d'énergie. L'homme, qui à cet instant affrontait avec détermination le danger, prenait délibérément tous les risques, était-il le même que celui dont il avait une heure auparavant couché le corps fatigué et brisé sur le sofa ?

Le médecin suivait avec attention le déroulement de la manœuvre.

— Le voilà ! dit soudain le baron à voix basse.

Au même moment, la tête plate du reptile apparut entre les feuilles vertes. A petits mouvements vifs et saccadés, le tik paluga, l'instant d'après, se lovait autour de la badine.

— Allez-y ! Mais frappez donc ! Maintenant ! fit le baron à mi-voix, ça y est ! Il a son compte ! Cela suffit, maintenant, docteur ! Arrêtez ! Vous me corrigez comme un gamin !

Armé de sa fine baguette de bambou, le Dr Kircheisen s'était acharné sur le serpent, et il continuait encore de frapper, mais cette fois sur le tibia et le genou du baron, car le tik paluga gisait, agité de soubresauts, dans le coin de la serre où le baron l'avait projeté, d'un coup sec de sa badine.

Le médecin s'arrêta. Il commençait à avoir honte de l'excitation démesurée qui l'avait saisi, lui, le jeune homme en pleine force de l'âge, tandis que le vieillard, en chasseur averti, faisait preuve de maîtrise et de sang-froid.

— Il est mort ? demanda-t-il à bout de forces, hors d'haleine.

— Celui-là au moins est liquidé, fit calmement le

baron, mais je jurerais qu'il y en a d'autres dans ces fourrés. Prenez la pelle, docteur, et allez-y ! Pas de pitié pour votre *mimosa pudica* et tout le reste !

Tous les trésors de la forêt tropicale de Ceylan, les fougères rares, les superbes orchidées, le bambou-nain gracile, les lianes en fleurs, tout fut impitoyablement arraché et, devenu mauvaise herbe, jeté sur le côté où il s'amoncela en un vilain tas de broussailles. Sous le tapis vert des plantes apparaissait peu à peu la terre brune et rougeâtre qui constituait le sol de la serre.

Soudain le baron posa sa bêche et saisit sa badine.

— Attention ! fit-il, voilà le deuxième !

Et effectivement, le corps aux scintillements verdâtres d'un second tik paluga se détachait sur l'épaisse branche ligneuse de la liane aux fleurs lie-de-vin. Presque immobile, seule sa tête aplatie se balançait lentement de droite à gauche, en un mouvement de contrariété.

Le baron leva sa badine.

— Je vais l'avoir en pleine tête ! chuchota-t-il, tapotez légèrement sur son dos, oui, ainsi... Maintenant ! Sale bête ! Elle n'avait qu'à rester là-bas ! Qu'est-elle venue faire ici, dans ma serre ?

Le baron repoussa du pied, avec précaution, le cadavre du serpent. Puis il se pencha à nouveau sur sa bêche ; mais au même instant il poussa un cri de surprise et porta la main à sa tête.

— Où est mon chapeau ? C'est vous, docteur, qui me l'avez enlevé ? Dieu du ciel ! Il est là-bas en l'air !

Le chapeau du baron, comme porté par d'invisibles mains, semblait suspendu au milieu de la serre. Son propriétaire, complètement ébahi, leva les yeux au plafond.

Le Dr Kircheisen était transporté d'enthousiasme.

— Un rotang ! s'écria-t-il, émerveillé, il n'y a pas de doute, c'est un authentique rotang !

— Comment mon chapeau se trouve-t-il là-haut ?

— *Rotang calamus* ! dit le médecin en essayant d'attraper le chapeau.

Mais il ne parvint pas à rabaisser son bras tendu. Sa manche se retrouva en charpie et une cuisante douleur rafraîchit considérablement son enthousiasme.

Le coupable était une calamée, véritable pillard de la forêt vierge. De longues feuilles pennées prolongées par une tige grêle. De petites barbes, à l'extrémité de celle-ci, s'étaient plantées avec voracité dans le bras du médecin.

— Tout l'enfer de la forêt tropicale s'est donc donné rendez-vous ici, s'écria le baron, hors de lui. Dites-moi ce que je dois faire, docteur. Vous saignez !

— C'est la forêt qui se venge ! gémit le médecin. Je ne dois surtout pas bouger le bras. Vite, prenez ce sécateur, là, et coupez les feuilles... oui, ainsi... encore celle-ci ! Je vous remercie, je peux bouger, maintenant.

Le Dr Kircheisen laissa retomber son bras, regarda sa veste déchirée et sa blessure qui saignait.

— Je n'aurais jamais imaginé avoir un jour le bras lacéré par un *rotang calamus* de Ceylan ! gémit-il.

— Restez tranquille ! Je vais vous faire un pansement avec mon mouchoir. Ce n'est pas bien grave ! Voilà... nous pouvons nous remettre au travail. Vous n'avez qu'à prendre le bâton de la main gauche. Regardez, là ! Il me semble que nous avons encore à faire !

Il montra du doigt les racines du manguier entre lesquelles, à cet instant, apparut un troisième tik paluga. Irrité par le bruit inhabituel qui avait troublé son repos, la bête tropicale avançait en sifflant vers ses ennemis, à petits coups vifs et saccadés.

Ce fut le dernier tik paluga que tuèrent le baron et le médecin. La partie de chasse dans la jungle était terminée. Les hôtes indésirables et inquiétants avaient été éliminés.

Mais avec eux avaient été détruits, au grand dam du docteur, tous les trésors qui avaient ravi son cœur de botaniste. Les lianes fleuries, les fières fougères, les orchidées aux formes étranges jonchaient le sol de la serre, fanées, chiffonnées, écrasées, piétinées. Seul le manguier se dressait encore au milieu de la pièce et, dépouillé de son manteau de lianes multicolores, étendait tristement ses puissantes branches qui, malgré leur abondante frondaison, paraissaient au médecin étrangement dénudées et sévères.

— Que devez-vous penser, maintenant ? demanda-t-il, songeur. Un travail de plusieurs mois réduit à néant en une heure à peine. A moins que ce soit des années que vous ayez consacrées à votre jardin tropical ?

Le baron éclata d'un rire rauque.

— Vous avez deviné, docteur ! Des années !

Son rire se transforma soudain en un ricanement nerveux et convulsif :

— Vous l'avez dit ! Ce jardin m'a coûté des années de ma vie, oui, des années !

Il passa sa main sur son front.

— Docteur ! reprit-il, vous avez risqué votre vie pour moi. Comment pourrai-je jamais vous remercier ?

Le Dr Kircheisen se tut pendant quelques secondes. L'idée lui vint comme une sorte d'inspiration. Il n'aurait plus jamais une occasion pareille ! Il fallait absolument qu'il la saisît !

Il regarda le baron dans les yeux.

— Monsieur le baron, fit-il à voix basse, accordez-moi la main de votre fille !

La réponse du baron fut accablante, presque offensante :

— Je vois, docteur, que vous n'avez pas perdu votre sens de l'humour, malgré votre manche déchirée et votre blessure. Nous allons prendre une tasse de thé, voulez-vous ? Cette chasse au serpent en pleine forêt tropicale m'a donné faim, pas vous ? Mais auparavant, allons voir comment va Ulam Singh. Il doit être réveillé, maintenant.

— Certainement ! dit le Dr Kircheisen en se mordant les lèvres.

L'ironie avec laquelle le baron avait reçu sa demande le rendait honteux, furieux contre lui-même.

« ... Au fond, le baron a raison, se disait-il. Comment ai-je pu oser, moi qui suis totalement étranger dans cette maison, faire une telle demande après aussi peu de temps ! Il a pris la chose comme une plaisanterie et c'était sûrement la manière la plus courtoise de signifier un refus... »

Le Dr Kircheisen eut un sourire contraint.

— Pour ce qui est de l'authenticité du cadre tropical, fit-il, il faut bien dire qu'elle a aussi ses limites. Croyez-vous, monsieur le baron, que si nous nous étions effectivement promenés pendant une heure en pleine jungle, nous n'aurions pas eu à affronter sous une forme ou sous une autre des spécimens inférieurs de la faune indigène, comme par exemple ces petites sangsues de terre qui traversent les vêtements les plus épais et viennent par centaines se coller à la peau comme des ventouses ?

— Des sangsues de terre ? interrompit le baron. Vous ne voulez pas parler de ces petits vers jaunâtres, fins comme des aiguilles, qui se meuvent comme certaines sortes de chenilles ?

— Si, elles ont exactement cette apparence. Comment se fait-il que vous connaissiez si bien ces bestioles sanguinaires, monsieur le baron ?

— Parce qu'il y en a une qui est justement en train de monter le long de votre botte, docteur !

— Dieu du ciel ! Mais d'où vient-elle ? Effectivement, c'est cette espèce-là ! Il y en a encore une... quatre... six ! Plus d'une vingtaine ! Je dois en avoir plein mes vêtements !

— Bon sang ! s'écria le baron, je dois aussi en avoir sur moi ! Cela fait déjà une demi-heure que je sens des picotements sur mes jambes. Docteur, aidez-moi ! Comment fait-on pour se débarrasser de cette vermine ?

Le Dr Kircheisen s'essuya le front.

— C'est absolument invraisemblable ! fit-il, complètement décontenancé. Comment ces vers ont-ils pu arriver jusqu'ici ? Il est impossible qu'Ulam Singh les ait ramenés de chez lui !

Le baron éclata de nouveau de son rire nerveux :

— Supercherie, docteur ! Tout n'est que supercherie ! A moins que ce ne soit de l'autosuggestion... Faut-il donc vous pincer pour vous réveiller ? Hélas ! docteur, il faut vous convaincre que mon jardin exotique n'était que trop vrai, d'une inquiétante, d'une angoissante vérité !

La brosse

Le Dr Kircheisen ferma avec précaution la porte de la chambre du malade et, sa trousse sous le bras, descendit l'escalier, absorbé dans ses pensées. Il avait promis ce matin au baron de l'avertir à temps lorsque la fin serait proche, pour Ulam Singh. Le moment où il aurait à tenir sa promesse ne semblait plus très éloigné au médecin. Les injections grâce auxquelles il avait réussi, jusqu'à présent, à combattre et à atténuer l'effet du venin devenaient de moins en moins efficaces. La dernière qu'il lui avait administrée, il y a un quart d'heure, bien qu'il l'eût choisie la plus concentrée possible, était restée presque sans effet. Ulam Singh gisait sur sa couche sans réaction, inerte, les yeux clos — un état qui précédait sans aucun doute la dernière phase de l'agonie. A cet instant, le Dr Kircheisen qui, dans la serre, avait en même temps admiré et anéanti l'œuvre fabuleuse de l'Indien, éprouvait pour la première fois un intérêt plus profond pour ce singulier étranger qui, jusqu'alors, n'avait retenu son attention qu'en tant que sujet affecté d'une maladie remarquable...

« Un grand artiste, se disait-il, un grand savant va mourir ici demain, un homme dont il eût été intéressant d'être l'ami. C'eût été pour moi très instructif et passionnant que de pouvoir m'entretenir avec lui, ne serait-ce qu'une demi-heure, d'horticulture, de la flore et de la faune indiennes. J'aurais certainement beaucoup appris. Comment il s'y prenait, par exemple, pour procurer à la *nepenthes destillatoria*, la plante carnivore, les insectes dont elle se nourrit habituellement ! Quel dommage pour Ulam Singh ! Dommage pour cet homme étrange qui se mettait un mouchoir sur la bouche pour ne pas avaler en respirant la plus petite créature de Dieu... Quel amour profond de la nature révèle cette habitude devenue chez lui une religion ! Tout cela est vraiment trop dommage ! Certes, la mort va lui épargner un terrible chagrin. Comment aurait-il réagi en voyant son jardin exotique, l'œuvre de sa vie, massacrée, saccagée par des vandales, à coups de bêche et de pelle ? »

Le Dr Kircheisen était entré dans le vestibule. Non, la baronne n'y était pas. La corde à sauter était encore sur l'un des fauteuils en rotin, mais la jeune demoiselle elle-même n'était pas dans les lieux. Peut-être sur la terrasse ? Ou dans le jardin ? Pas davantage. Il avait recommencé de pleuvoir. Où pouvait-elle être ? Était-elle sortie ? Il ne lui restait plus qu'à s'armer de patience jusqu'au souper et il avait le temps, d'ici là, d'aller ranger sa trousse.

Le médecin s'arrêta devant la porte de sa chambre et tendit l'oreille. Qu'était-ce donc que ce bruit provenant de l'intérieur ? Probablement le vieux Philippe ou l'un des nouveaux domestiques était-il en train de ranger la chambre et de préparer son lit pour la nuit. Le Dr Kircheisen n'hésita pas longtemps et entra.

Sa première réaction fut de reclaquer tout de suite la porte et de s'esquiver. Le Dr Kircheisen ne pouvait en croire ses yeux : c'était la baronne elle-même qui se trouvait dans sa chambre ! Elle l'avait vu, sans aucun doute, car sa tête était tournée vers la porte. Une fuite précipitée l'eût rendu ridicule et n'eût fait qu'accroître encore le caractère pénible de la situation. Il ne lui restait d'autre solution que d'entrer, le plus calmement possible.

La baronne ne paraissait absolument pas troublée. Avec l'assurance d'une dame du monde qui ne perd jamais contenance, même dans les situations les plus délicates, elle fit un signe de tête en direction du médecin et sourit d'une manière un peu forcée et même, à ce qu'il lui sembla, presque narquoise.

— Vous devez avoir ici de si jolis instruments, docteur ! lança-t-elle, de beaux petits scalpels, des aiguilles, des seringues ! Je voulais seulement les voir...

Elle attendait visiblement, en réponse, quelque mot aimable, gentil. Mais le Dr Kircheisen avait la gorge nouée. Il avait à peine entendu ce qu'elle disait... « Quelle imprudence ! se disait-il, et en même temps quelle audace, quelle témérité de venir me trouver ici dans ma chambre ! Quel risque la jeune demoiselle a-t-elle osé prendre pour moi ! Qu'arriverait-il si quelqu'un nous surprenait ? Son père ou l'un des domestiques ? Elle n'y a pas réfléchi. Elle voulait tout simplement me voir et tandis que je la cherchais partout, sur la terrasse, dans le vestibule, elle est venue m'attendre dans ma chambre... Douce, tendre, merveilleuse créature ! Dieu sait depuis combien de temps déjà elle m'attend !... »

— Baronne ! souffla le Dr Kircheisen en se penchant vers sa main.

— Ils sont là-dedans ? demanda la baronne en désignant la trousse de cuir noir que le docteur portait sous le bras.

— Quoi donc ?

— Vos scalpels et vos aiguilles. S'il vous plaît, montrez-les-moi ! J'aime tant regarder les petits instruments pointus et tranchants !

Elle sauta d'un bond sur le plateau de la table, s'assit confortablement, arrangea les plis de sa jupe.

— Ah ! Laissez donc ces choses ennuyeuses, baronne ! fit le médecin, je suis si content de pouvoir enfin parler librement avec vous. Mais si quelqu'un entrait maintenant...

Elle eut une moue dédaigneuse :

— Cela m'est complètement égal !

— Vraiment, baronne ! dit le Dr Kircheisen qui, transporté de joie par cet aveu, attrapa la main de la demoiselle.

Elle était redevenue à cet instant, dans tous ses gestes, dans toutes les expressions mutines de ses grands yeux bleus, l'enfant naïve, charmante et spontanée. Cette métamorphose si rapide ! Le Dr Kircheisen avait encore le mot « baronne » sur les lèvres que la dame du monde, en face de lui, s'était soudain changée en gamine espiègle.

— Vous êtes vraiment venue ici pour ces instruments, Gretl ? demanda le médecin.

Il se rendit compte tout de suite que sa question manquait de tact et il ne s'expliquait pas lui-même comment il avait eu l'audace de proférer ces paroles. Mais comme il ne pouvait pas revenir sur ce qui était dit, il attendait d'apprendre de la bouche même de la demoiselle s'il se berçait de vaines illusions et de faux espoirs.

La baronne rougit, mais ne répondit rien.

— Pour ces instruments seulement ? reprit-il avec insistance, il n'y a vraiment pas d'autre raison, Gretl ?

La baronne se taisait, les yeux baissés. Soudain, elle releva brusquement la tête.

— Vous savez donc ? demanda-t-elle.

— Je l'ai deviné aussitôt. Dès que je vous ai vue dans ma chambre, s'écria le Dr Kircheisen, radieux.

La baronne avait pris un air très sérieux :

— Dommage, fit-elle, j'aurais été ravie si vous étiez resté éveillé toute la nuit en pensant à moi...

— C'est ce que je vais faire, Gretl ! Je vous le jure ! Toute la nuit et tout le jour ! Si vous saviez, Gretl, ce que c'est que l'amour !

— Je le sais parfaitement, dit la baronne d'un ton ferme

et détaché. C'est lorsque le chevalier tue le dragon qui garde la princesse ou qu'il traverse pour elle la mer à la nage !

— Si vous vouliez rester sérieuse un instant, Gretl ! Cette envie de toujours vous moquer vous va à merveille, mais le temps passe, le temps précieux où nous sommes seuls tous les deux... Ayez un peu pitié de moi !

— Pitié ? Ah non, pas de ça ! dit la baronne d'un ton glacial, c'est trop ennuyeux, la pitié ! Barbe-Bleue, voilà un homme, un vrai ! Il a toujours tranché la tête de ses épouses pour en changer. Si je prends un jour un mari, il faut qu'il ait une grande barbe bleue, ou alors je n'en veux pas.

Le Dr Kircheisen frotta pensivement son menton rasé de près et décida d'essayer de gagner la baronne à la cause des visages glabres :

— La thèse de la barbe prétendument bleue du célèbre meurtrier n'est pas scientifiquement soutenable, dit-il. Les historiens considèrent qu'il s'agit tout simplement d'un contresens étymologique. Celui que vous appelez Barbe-Bleue n'a probablement jamais eu une barbe de cette couleur...

— Mais l'acteur qui jouait le rôle au théâtre, si ! intervint la baronne. Je sais bien que, plus que nulle part ailleurs, on ment toujours au théâtre. Il n'y a pas la moitié qui soit vraie. C'est pour cela que je préfère aller au cirque voir les animaux sauvages. Eux, au moins, sont vrais.

— Nous avons encore une fois les mêmes goûts ! Moi aussi j'adore les numéros de dressage.

— Cette année, je suis allée onze fois au cirque. Et j'ai vu huit fois le dompteur mettre sa tête dans la gueule du lion.

— Huit fois ! Grand Dieu ! Cela ne vous a pas paru un peu ennuyeux, à la fin ?

— Non, absolument pas ! fit la baronne à voix basse, en se renversant en arrière, les yeux fermés. J'y suis toujours retournée en espérant à chaque fois que le lion redevienne une vraie bête féroce et croque la tête du dompteur. Cela m'aurait fait plaisir, vraiment très plaisir !

— Vous parlez sérieusement ? demanda le médecin.

Affecté par ces dernières paroles, il lâcha la main de la demoiselle. Ce penchant à la cruauté, chez une si charmante créature, l'effrayait. Il la regarda attentivement. Elle avait l'air, à cet instant, beaucoup plus âgée que tout à l'heure. Les rides discrètes de la maturité, autour de la bouche et des yeux, n'avaient jamais été aussi visibles que maintenant. Un sentiment de malaise s'empara du médecin. Était-elle vraiment faite pour lui ? Une créature habitée par de tels penchants pouvait-elle véritablement aimer l'homme auquel elle appartiendrait ? N'allait-elle pas, elle dont tous les sens réclamaient les plaisirs extrêmes de la cruauté, se lasser bientôt et repousser avec indifférence un homme comme lui ? Non, décidément, la baronne n'était pas si douce...

Il y eut un petit moment de silence et de gêne. On eût dit que la baronne avait deviné ses pensées.

— Il faut que j'y aille, maintenant, dit-elle en sautant au bas de la table, il est déjà tard !

Ces mots balayèrent aussitôt les scrupules moraux du Dr Kircheisen.

— Non, je ne vous laisserai pas partir, Gretl !

— Vous voulez me retenir ? demanda-t-elle avec cette moue dédaigneuse que le médecin lui connaissait. Et comment cela ?

— Il faut que vous me promettiez de me revoir ce soir. J'ai encore tant de choses à vous dire...

— Ce soir ? répéta la baronne, songeuse.

— Oui, j'ai beaucoup de choses à vous raconter. Fixez vous-même l'heure et le lieu ! Ou bien, si vous voulez me laisser ce soin, disons : à dix heures, dans la serre. Nous y serons tranquilles.

— A dix heures ! Non, c'est impossible, fit-elle en secouant la tête.

— Et pourquoi donc, Gretl ?

— Parce qu'à cette heure-là je suis déjà au lit.

— Je vous prie de m'excuser, je ne suis pas encore habitué aux usages de cette maison. Nous pouvons évidemment nous voir plus tôt, à l'heure qui vous convient. Disons sept heures ?

— C'est entendu, fit-elle.

— Donc à sept heures dans la serre. Nous serons seuls.

— Tout seuls ! Voilà qui va être amusant ! reprit-elle en riant, je dois y aller, maintenant !

Le Dr Kircheisen rassembla encore une fois tout son courage :

— Un baiser, encore, Gretl, avant que vous partiez ! Un seul baiser, pour nous dire au revoir !

A peine avait-il formulé sa prière qu'il la regrettait déjà. Comment avait-il pu se montrer aussi téméraire ! Il avait tout gâché, dans sa fougue.

Mais non ! La baronne n'était absolument pas offensée. On eût dit qu'elle attendait presque sa demande. Le médecin eut tout à coup la très heureuse surprise de la voir grandir sous ses yeux. De toute évidence, elle s'était mise — Dieu sait pourquoi ! — sur la pointe des pieds. L'espace d'un instant, il vit ses lèvres tendues se diriger vers l'aile droite de son nez. Puis il le sentit sur sa peau, ce baiser tant imploré ; il tomba certes sur son nez, mais cela n'enleva rien à sa félicité.

A ce moment, un bruit le fit sursauter.

— Vous n'avez rien entendu, baronne ? demanda-t-il d'un air inquiet.

Ils se turent et tendirent l'oreille. Il y avait des pas dans l'escalier.

— Et si c'était votre père, Gretl ? S'il lui venait à l'idée d'entrer ici ! Comme nous avons été imprudents, tous les deux !

Effectivement : quelqu'un remontait le couloir. Le Dr Kircheisen regarda désespérément autour de lui, dans la chambre. Son regard tomba sur un rideau de damas vert qui cachait un angle de la pièce. Il se précipita d'un bond et tira le rideau. Il y avait des vêtements sur une penderie, un sac à dos et un manteau. Un alpenstock était accroché au mur, à côté d'un piolet, et deux rouleaux de corde, un long et un plus petit, étaient posés sur le sol.

— Ici, baronne ! dit le Dr Kircheisen à mi-voix, mettez-vous là, vite ! Et ne bougez plus !

Il la tira derrière le rideau.

— Vous voulez me cacher ? s'écria-t-elle avec un petit gloussement, comme c'est amusant !

Il referma le rideau.

— Pour l'amour du ciel, taisez-vous ! supplia-t-il.

Juste à ce moment on frappa à la porte.

Le médecin eut tout juste le temps de courir vers la fenêtre et de prendre une attitude la plus naturelle possible avant de crier : « Entrez ! »

C'est effectivement le baron lui-même qui pénétra dans la pièce.

— ... Dieu soit loué !... murmura le Dr Kircheisen en se tenant au rebord de la fenêtre pour ne pas tomber.

« ... Heureusement que je l'ai entendu venir ! Pourvu que la baronne ne bronche pas... C'est difficile, avec un tempérament aussi fougueux que le sien. Espérons que son père ne s'attarde pas trop longtemps... »

— Excusez-moi de pénétrer ainsi dans votre chambre, docteur, commença le baron, mais je n'y tiens plus, la chose me tenaille trop.

— Quelle chose, monsieur le baron ? demanda le Dr Kircheisen en lançant en même temps un regard inquiet en direction du rideau dont les plis, lui semblait-il, avaient bougé de façon suspecte.

— Je viens de la chambre du malade. Docteur, il ne respire plus qu'à peine ! Il y a des moments où son cœur s'arrête complètement ! S'il venait à s'éteindre brusquement, sans que nous nous en apercevions...

— C'est peu probable, monsieur le baron.

— Mais je n'ai pas le droit de prendre le moindre risque. L'éventualité, la plus mince soit-elle, d'une semblable fin ne laisse pas de me tourmenter !

Le Dr Kircheisen eut un geste d'impatience. Cette conversation lui semblait véritablement devoir traîner en longueur. Que cherchait le baron ? Avait-il l'intention de lui redemander encore une fois le sérum Karasin ? Si seulement il trouvait un moyen pour l'attirer en dehors de la chambre ! On commençait à s'agiter, là-bas, derrière le rideau... « Le mieux est que je ne regarde pas dans cette direction, sinon le baron va tout de suite remarquer quelque chose... Quel drôle de costume il porte, d'ailleurs ! Cela ne lui va pas du tout, il flotte littéralement dedans... On dirait que le baron Vogh ne porte systématiquement que des vêtements taillés pour quelqu'un d'autre, quelqu'un de beaucoup plus fort que lui... »

— Docteur ! Je vous le dis tout net : il faut absolument utiliser votre sérum, aujourd'hui, tout de suite !

« Je m'en doutais !... C'est là qu'il voulait en venir... »

— Monsieur le baron, dit le médecin d'un ton grave, si j'avais assez peu de conscience morale pour faire usage de ce poison... — oui, je le répète —, de ce poison, car le sérum Karasin n'est rien d'autre ! — eh bien, il faut vous dire que ce que vous semblez tant redouter se produirait à coup sûr : Ulam Singh n'aurait plus qu'une heure à vivre !

— Oui, dit calmement le baron, mais auparavant il serait sorti pendant une demi-heure de sa léthargie...

— Monsieur le baron, vous insistez en pure perte. Je ne peux ni ne veux utiliser ce remède interdit par la loi.

— Et si je vous disais, docteur, que...

Le baron s'interrompit. Il passa soudain dans son regard une expression de surprise. Un léger bruit provenant du fond de la pièce fit craindre le pire au médecin. Il n'osa pas se retourner, continua au contraire à fixer le visage du baron, s'attendant à une explosion de colère. La catastrophe tant redoutée était imminente...

Et cependant, il ne se produisit rien de tel. On entendit un rire de petite fille, enjoué et candide, puis la voix de la baronne :

— Je ne peux plus tenir dans cet affreux réduit ! Je suis là, papa !

Le baron conservait le silence. Le Dr Kircheisen sentit comme une poigne de fer qui l'étranglait. Quels sentiments n'agitaient-ils pas, à cet instant, le cœur du père !... « Il est de mon devoir de donner une explication au baron et de prendre sur moi toute la responsabilité de la situation. Peut-être est-ce d'ailleurs aussi bien que cela soit arrivé. Il vaut mieux que les choses soient claires tout de suite, plutôt que de jouer sans cesse à cache-cache. Le mieux est que je lui dise exactement ce qui s'est passé et quelles sont mes intentions. »

— Monsieur le baron ! commença le médecin dont la voix tremblait d'émotion, il faut que je vous fasse un aveu. Vous êtes sans doute étonné de trouver votre fille ici. Je vous prie de croire que la baronne n'est absolument pour rien dans tout ceci. C'est moi qui lui ai demandé de m'accorder un entretien ici. Monsieur le baron, depuis l'instant où j'ai vu votre fille pour la première fois, il a été clair pour moi que...

— Mon cher docteur ! l'interrompit le baron d'un ton las et chagrin, laissez donc ma fille en dehors de tout cela ! Nous avons à parler de choses bien plus importantes !

Se tournant vers la baronne, il poursuivit :

— Allez, ouste, file ! Tu ne peux donc pas t'empêcher de mettre ton nez partout ? C'est impensable, à la fin ! Termine ton devoir de français et va te coucher !

La baronne lança un regard en coin au médecin et s'esquiva.

Le Dr Kircheisen resta médusé. Il ne s'attendait

vraiment pas à ce dénouement. « Mon Dieu ! se dit-il, est-ce ainsi qu'on se comporte dans la société aristocratique ! Quelle morale ! Le père trouve sa fille dans la chambre d'un inconnu et ne dit rien, absolument rien ! Pas un seul mot de reproche ou de colère ! Pas la moindre réaction d'indignation, devant quelqu'un qui est quand même la chair de sa chair ! Comprenne qui pourra ! Quelle époque ! Quelle époque !... »

— Une fois encore, une dernière fois, docteur, je vous demande d'utiliser votre sérum ! fit la voix du baron.

Il faisait presque noir, à cet instant, dans la pièce. Il sembla au médecin que cette voix ne parlait plus sur le même ton qu'auparavant. Elle ne formulait plus une prière, mais une exigence, presque une injonction. Le Dr Kircheisen ne se laissa pas pour autant intimider.

— Il n'en est pas question, dit-il après un court instant de réflexion, je ne changerai pas d'avis. Il est inutile que vous insistiez davantage. Car c'est un crime, monsieur le baron, que vous me poussez à commettre...

Le baron quitta la pièce sans un mot.

Le Dr Kircheisen resta seul. Il appuya sur le commutateur d'électricité et vit s'embraser le lustre. Puis il regarda l'horloge : dix minutes encore avant sept heures ! Vite, il fallait qu'il descendît au jardin ! Il ne devait pas faire attendre la baronne... « Pourvu qu'elle vienne, que le baron ne l'en empêche pas !... C'est peut-être seulement maintenant qu'il va lui faire payer de l'avoir trouvée ici, dans ma chambre... »

Le Dr Kircheisen jeta un regard autour de lui avant de sortir. Toutes les choses dans cette pièce lui étaient devenues d'un seul coup chères et familières. La table sur laquelle elle s'était assise ; le rideau derrière lequel elle s'était cachée... Et là-bas... Qu'était-ce donc ? La couverture étalée sur le lit avait été repoussée et chiffonnée ! Quelqu'un était venu fouiller ici et avait voulu ensuite tout remettre en ordre au plus vite. « Serait-ce elle qui...

songea-t-il soudain. Elle a été dérangée par mon arrivée. Elle a voulu me faire une surprise. Peut-être m'a-t-elle apporté un portrait d'elle ? Je suis sûr qu'elle a caché quelque chose ici ! Comment a-t-elle dit, déjà ! — " j'aurais été ravie si vous étiez resté éveillé toute la nuit en pensant à moi... " Mais oui, c'est évident ! Elle m'a apporté son portrait ! Quelle charmante, quelle douce surprise ! »

Le Dr Kircheisen glissa sa main sous la couverture pour chercher à tâtons entre les coussins. Il sentit une chose dure et la tira à lui. D'un air grave et pensif, il contempla l'objet qu'il tenait à la main.

C'était une brosse.

Le dernier hôte de Ceylan

Le Dr Kircheisen sortit de la maison sans faire de bruit, en prenant mille précautions. Le parc était plongé dans l'obscurité du soir, les cimes des arbres se découpaient sur les lueurs violettes du ciel. Le médecin s'arrêta un instant et regarda autour de lui. Personne alentour. Rien que les ténèbres de la nuit, trouées seulement par les fenêtres éclairées de la chambre du malade qui projetaient un grand rai de lumière jaune sur le gravier de l'allée.

La baronne n'était pas encore arrivée dans la serre. Avant toute chose, le Dr Kircheisen alluma la lumière ; une lumière à vrai dire assez blafarde dans la mesure où la petite ampoule verte qui pendait au plafond était bien trop faible pour la grande pièce. Puis il s'assit sur une chaise de jardin cassée et attendit.

Il s'écoula environ un quart d'heure avant qu'un léger crissement dans lequel il reconnut le bruit des gonds de la porte d'entrée lui fît lever la tête. La baronne, enfin ! Comme elle était charmante ! Elle était encore tout essoufflée et le châle qu'elle avait jeté sur ses épaules s'était dénoué.

— Gretl ! Je ne saurais vous dire à quel point je vous suis reconnaissant d'être venue !

Il se souvint soudain de la brosse dans son lit et saisit la baronne par les deux poignets :

— Sacrée petite farceuse !

Le « farceuse » parut la mettre extraordinairement en joie.

— Vous l'avez déjà trouvée ? C'est une bonne farce, n'est-ce pas ? J'ai fait exactement la même chose à maman il y a quelques jours. Je crois qu'elle m'en veut encore aujourd'hui. Vous êtes aussi fâché ?

— Très fâché ! Mais je ne le serai plus quand vous m'aurez donné un baiser !

La baronne n'avait pas vraiment de penchant pour les minauderies. Cependant, curieusement, elle se dressait sur la pointe des pieds quand elle donnait un baiser. Pourquoi faisait-elle ainsi ? A quoi correspondait cette habitude singulière ? Le médecin n'eut pas beaucoup le temps de réfléchir à ces questions. Le baiser qu'il avait demandé atterrit quelque part dans la région de son œil droit et faillit faire tomber son binocle de son nez.

Le Dr Kircheisen rajusta immédiatement le lorgnon et saisit les mains de la baronne. Le moment décisif lui semblait arrivé.

— Gretl ? murmura-t-il. Voulez-vous... veux-tu être ma femme ?

— Me marier avec vous ? demanda la baronne d'un air pensif, et quand cela ?

— Bientôt. Dans quelques semaines, si c'est possible.

— Non, reprit la baronne d'une voix calme et décidée.

Mais l'instant d'après, elle sembla se raviser.

— Ou plutôt si, corrigea-t-elle, je suis d'accord.

Le Dr Kircheisen inspira profondément. Tout son corps tremblait d'excitation. Tout cela arrivait si vite... Ce matin encore, il ne connaissait pas la baronne — et voici que maintenant il ne pouvait déjà plus imaginer vivre sans elle. Ce matin, au déjeuner, lorsqu'elle lui avait à peine tendu la main, comment aurait-il pu, dans ses rêves les plus fous, oser imaginer le bonheur qu'il tenait maintenant entre ses mains ?

La baronne se dégagea de ses bras et regarda autour d'elle.

— Les belles fleurs sont parties, fit-elle à voix basse.

— Hélas ! dit le Dr Kircheisen d'un air contrit, elles sont toutes cassées, fanées !

Ils se turent pendant un moment, avant que le médecin commençât à dévoiler ses projets :

— Je vais réouvrir mon cabinet de consultation. Si l'on ajoute les revenus de mes quelques biens, cela nous fera très largement de quoi vivre à l'aise. J'ai mon appartement de célibataire sur le Kohlmarkt — cinq pièces avec balcon, cuisine et tout le confort —, nous pourrions le garder, dans un premier temps. Au deuxième étage, avec ascenseur naturellement.

— La cuisine aussi est au deuxième étage ?

— Évidemment.

— Cela ne va pas, fit la baronne. Puzzi Schönborn, l'amie de maman qui s'est mariée la semaine dernière, elle, elle a la cuisine au rez-de-chaussée et le reste de l'appartement au premier étage. On prépare les repas en bas et on les envoie ensuite par le monte-plats. Je veux la même chose.

— Je ne suis pas très averti de toutes ces questions, mais je suivrai volontiers tes conseils, mon enfant. Je vais dès aujourd'hui me mettre en rapport avec le propriétaire et lui dire que j'envisage de déménager au premier étage, reprit le Dr Kircheisen en pensant déjà avec anxiété à la manière dont il pourrait convaincre la vieille Bettina de descendre d'un étage le champ de ses activités.

— Et que faisons-nous de l'ancienne cuisine ? demanda-t-il.

— Une chambre noire.

— Naturellement ! Tu as vraiment beaucoup de sens pratique ! dit le médecin avec une admiration sincère, j'en suis malheureusement dépourvu. Tu fais de la photographie ?

— Non.

— Moi non plus.

— Cela ne fait rien. Il faut absolument que nous ayons une chambre noire. Papa aussi en a une, avec des lampes rouges et des lampes vertes. Mais je n'ai pas le droit d'y entrer. Pour ne pas tout lui abîmer et tout lui casser, répète-t-il.

Elle réfléchit un instant et reprit :

— Il faut aussi que le téléphone soit à côté de mon lit.

— Dans la chambre ? Est-ce que c'est la mode, aujourd'hui ?

— Naturellement. Le matin de bonne heure, quand je me réveillerai, je demanderai tout de suite à la cuisine ce que l'on mange à midi ; puis j'appellerai papa : « Allô ! Ici ton petit moineau ! Il est neuf heures et demie et je suis encore au lit ! » Comme cela va être amusant ! Mais je ne crois pas que papa voudra.

— Qu'il voudra quoi ?

— Que je me marie.

Le Dr Kircheisen ne dit mot. D'après l'expérience dont il pouvait disposer en la matière, il devait convenir que la baronne, avec son scepticisme, se montrait beaucoup plus perspicace que lui.

— Tant pis, reprit la jeune demoiselle après un instant de réflexion, nous resterons fiancés ! Mais il faut que nous gravions nos initiales quelque part, avec un cœur autour. C'est de cette façon qu'a fait mon ancienne préceptrice, quand elle s'est fiancée avec l'employé des postes. Là, sur cet arbre ! Il y a encore assez de place.

Le Dr Kircheisen trouva la proposition charmante. Il sortit son couteau de poche et, à grands coups, tailla ses initiales ainsi que celles de la baronne sur le tronc du manguier ; puis il dessina autour un cœur stylisé.

La baronne parut tout à fait satisfaite de son œuvre.

— Voilà ! Ainsi, dit-elle, nous sommes vraiment fiancés. Adieu, maintenant. Il est déjà tard. Je ne suis pas tranquille. Il faut que je m'en aille.

En un geste charmant qui traduisait son anxiété, elle porta les mains à ses joues et, l'instant d'après, gagna la porte.

Le Dr Kircheisen la suivit un moment du regard. Puis il sortit son calepin et nota : « Parler avec le propriétaire du déménagement de la cuisine ; faire une demande auprès de l'administration des téléphones pour un nouveau branchement... » Il rangea son carnet. « Le mieux est que je dépose ma demande dès demain car il faut au moins six mois, à Vienne, pour obtenir une nouvelle ligne... »

Le Dr Kircheisen tendit l'oreille. S'il ne s'abusait, c'était un bruit de pas qui se rapprochaient. Effectivement, deux silhouettes traversaient le jardin en direction de la serre. C'étaient le baron et le vieux Philippe. Que venaient-ils faire si tard dans la serre ? Le vieux monsieur aurait-il conçu quelque soupçon ? Voulaient-ils tous les deux surprendre la baronne ?...

Le Dr Kircheisen chercha vite, autour de lui, un endroit où se cacher. Il ne fallait pas qu'on le découvrît... Comment expliquer, sinon, sa présence au baron ? Là-bas, derrière la table de jardin avec tous les pots de fleurs... Personne n'irait le chercher là-bas...

— Tu peux entrer tranquillement, déclara le baron, il n'y a plus de serpents, je les ai tous exterminés.

Le baron Vogh s'approcha lentement du manguier, la tête baissée. Le vieux serviteur suivait à quelques pas derrière son maître, lui aussi les yeux baissés vers le sol, comme s'il n'était pas rassuré.

Puis le baron posa les mains sur le tronc de l'arbre indien et caressa presque délicatement l'écorce craquelée.

Le Dr Kircheisen, dans sa cachette, osait à peine respirer. Il observait avec inquiétude l'étrange comportement du baron. Qu'arriverait-il s'ils découvraient, lui et son serviteur, le cœur gravé dans l'écorce, avec ses initiales et celles de la baronne ?

— Regarde, Philippe : il porte déjà des fruits !

La main du baron plongea dans le feuillage. La branche qu'elle saisit se plia, puis repartit en arrière. Le vieux Philippe s'approcha, prit un fruit de la main de son maître, l'examina longuement et mordit dedans.

— Quel goût étrange ! dit-il, on dirait presque des abricots ou des concombres...

— Dans quelque temps, fit le baron d'une voix morne et lasse, tous ces fruits seront desséchés ou en train de pourrir par terre. Les feuilles se faneront, le tronc moisira et partira en miettes...

— Monsieur le baron doit bien regretter maintenant, souffla le vieux Philippe d'une voix étranglée par l'émotion. Monsieur le baron peut bien se désespérer, maintenant qu'il est trop tard...

— Peut-être n'est-il pas encore trop tard... Certes, le docteur refuse de donner son sérum... Dieu lui pardonne, il ne sait pas la responsabilité qu'il prend !

— Peut-être que si monsieur le baron lui racontait ce qui s'est passé...

— Il ne me croirait pas. Il me rirait au nez. Mais Ulam Singh reviendra peut-être encore une fois à lui ! Il s'est déjà réveillé une fois, il était parfaitement lucide, il a réclamé aussitôt du chanvre et a essayé d'avaler un mouchoir. C'est toujours ainsi qu'il a commencé ses expériences. Pourvu qu'il se réveille encore une fois !

— J'ai toujours mis en garde monsieur le baron ! J'ai prié tous les saints pour que monsieur le baron laisse tomber cet étranger qui n'est certainement pas chrétien, en tout cas pas catholique. Mais personne n'écoute jamais un vieil homme comme moi !

— A quoi bon me rappeler tout cela, Philippe ! C'est vrai, j'ai été bien imprudent...

— Présomptueux... ! Monsieur le baron me pardonne...

— Oui, c'était de ma part pure folie, présomption, témérité ! Il y a beaucoup de gens qui gâchent leur vie à jouer, à boire ou avec des femmes. Mais personne n'a encore jamais gaspillé sa vie avec autant de légèreté et de frivolité que moi. Et pas seulement la mienne ! S'il n'y avait que moi, ce ne serait rien !

— Monsieur le baron ne devrait pas parler ainsi...

— Non, ce n'est pas moi qui compte. Mais j'ai entraîné dans le malheur une innocente. Ma pauvre enfant...

Le baron s'interrompit tout à coup. Quelque chose avait attiré son attention. Sans un mot, en proie à une vive émotion, il fixait des yeux le tronc du manguier...

« Aurait-il découvert les initiales ? se demanda aussitôt le médecin... Va-t-il continuer à parler ? Va-t-il enfin lever le voile sur tout ce mystère ? » Le Dr Kircheisen s'efforçait de tendre l'oreille. Le sang lui battait dans les tempes. Toutes ces accusations, dont il n'avait saisi que quelques bribes, cette terrible confession, dont le sens était aussi énigmatique que tout ce qu'il avait vu et entendu dans cette maison ! Et qu'est-ce que sa fiancée, pour l'amour du ciel ! avait à voir avec tout cela ? « ... entraîné dans le malheur une innocente, ma pauvre enfant ! » Quel danger, mon Dieu ! pouvait bien menacer la baronne ?...

Un petit bruit rompit le silence, un bruit à peine perceptible, de nature indistincte. Le vieux Philippe, à ce moment, poussa un cri d'effroi :

— Là !... Il est là !

— Où ? cria le baron.

— Là ! Regardez ! Sur la branche, juste devant vous ! Comme il est grand ! Comme il a l'air étrange !

— Maudite bête ! s'écria le baron d'une voix stridente, forcée vers l'aigu, qu'est-ce que tu fais là ? Ta sale engeance n'est donc pas encore éteinte ? Crève, monstre .... Tiens !... Tiens !

On entendit un bruit de pied frappant le sol. Le médecin, depuis sa cachette, ne pouvait pas voir directement le baron, mais son ombre se dessinait sur le mur, agitée de violentes contorsions. Finalement, le baron, à bout de forces, sembla s'appuyer sur la poitrine du vieux serviteur. Il régnait à nouveau un silence profond, entrecoupé seulement par la respiration haletante du baron.

— Il était très beau. Je n'en avais jamais vu de pareil, dit le vieux Philippe. Monsieur le baron n'aurait pas dû s'énerver ainsi. Il n'y avait aucune raison.

— Viens, Philippe, allons-nous-en ! dit le baron à voix basse.

Le médecin entendit les deux vieillards s'éloigner à pas traînants, puis reconnut le crissement des gonds de la porte d'entrée... Il était à nouveau seul. Il sortit alors de sa cachette et examina l'endroit où le baron avait écrasé quelque chose par terre.

Un grand papillon gisait sur le sol, complètement broyé. Les ailes effrangées tremblaient encore légèrement. Elles étaient d'un noir profond avec, sur celles de devant, une barre blanche... « On dirait... pensa-t-il soudain, ne serait-ce pas un *papilio hector* ? La taille correspond à peu près : presque aussi large que la paume de la main. Les barres blanches ainsi que, sur les ailes arrière, cette rangée de petites taches rouge sang... Il n'y a pas de doute ! C'est bien un *papilio hector,* le superbe lépidoptère tropical aux teintes ténébreuses.

« Fait étrange : ces animaux — le terrible tik paluga, les désagréables sangsues et maintenant le superbe *papilio hector* —, tous sont originaires de Ceylan ! Qu'est-ce que cela peut bien signifier ? Est-ce un hasard si ces animaux tropicaux qui surgissent ici de manière si étrange viennent de la même région ? Cette colère absurde qui a saisi le baron à la vue du magnifique papillon ! Comme il l'a massacré ! Avec la même hargne que lorsqu'il s'est acharné sur les précieuses lianes fleuries... » Soudain, le Dr Kircheisen se souvint de cette exclamation d'horreur poussée par le baron, qui lui avait paru ce matin si ridicule et dont il comprenait seulement maintenant, d'un seul coup, la raison — « Dieu du ciel ! s'était écrié le baron, il y a aussi des mouches tsé-tsé à Ceylan ? »

Il lui fallait se rendre à l'évidence : c'était exclusivement des exemplaires de la faune de Ceylan qui semblaient menacer et harceler le baron. Qu'est-ce que cela voulait dire ?

Le Dr Kircheisen ne trouvait pas de réponse à cette question.

Il sortit de la serre, mais ces propos étranges tenus par le baron ne laissaient pas de l'inquiéter. « Dieu lui pardonne ! avait dit le vieil homme, il ne sait pas la responsabilité qu'il prend. » Et puis, il y avait ce terrible danger qui semblait menacer la baronne : « J'ai entraîné dans le malheur une innocente. Ma pauvre enfant ! »

Le Dr Kircheisen avait pris sa décision. Il n'aurait pas un poids sur la conscience. Il ne refuserait pas plus longtemps le sérum au baron. « Peut-être que — l'idée lui traversa l'esprit — peut-être que finalement... s'il tient tant à ce sérum je pourrai obtenir en échange son accord pour notre mariage ! Je fais sans doute une entorse à la loi en utilisant ce sérum ; mais Ulam Singh est de toute façon condamné et, surtout, il y a ce danger inconnu que court la baronne... Cela suffit à justifier ma décision... »

Profondément absorbé dans ses pensées, le Dr Kircheisen traversa le jardin et regagna sa chambre.

Fantôme dans la nuit

Qui était donc cette étrangère qui, dans la chambre d'Ulam Singh, avait brusquement effrayé la baronne ? Une vision ? Une illusion des sens ? Une hallucination visuelle provoquée par les nerfs à vif de la baronne ? Impensable ! Il fallait que ce fût un être de chair et de sang. Car le baron l'avait aussitôt confirmé au médecin d'un ton grave et insistant, comme s'il en savait plus sur ce mystérieux phénomène qu'il ne pouvait en dire — Gretl avait effectivement vu une étrangère dans la pièce ! C'était bien une étrangère qui l'avait à ce point effrayée !

Qui donc pouvait être cette créature mystérieuse qui était apparue à la baronne dans la pénombre de la chambre ? D'où venait-elle et où était-elle si vite retournée ? Y avait-il une porte dérobée dans l'un des murs de la pièce ? Cette nouvelle énigme, qui venait s'ajouter à toutes celles de cette maison, tarauda le médecin durant la nuit et lui interdit de trouver le sommeil.

Les choses s'étaient déroulées de la manière suivante : vers onze heures et demie, le médecin reposa le livre qu'il feuilletait ; il était de son devoir, avant de se mettre au lit, d'aller voir encore une fois son malade ; muni de sa seringue et de son thermomètre, le Dr Kircheisen quitta ainsi sa chambre.

Il s'arrêta au milieu du couloir. Une lumière pâle sortait de la chambre du malade, qui pouvait provenir de la flamme vacillante d'une bougie. Il entendit du bruit, des voix... Qu'est-ce que le baron pouvait faire, à une heure si tardive, auprès d'Ulam Singh ?

Le Dr Kircheisen s'approcha. La porte était entrouverte.

— Cela ne sert à rien, monsieur ! Il faut le remettre dans son lit !

Le médecin reconnut la voix du vieux Philippe.

— Encore une minute seulement, Philippe ! répondit la voix du baron. Attendons encore une minute ! Il va revenir à lui. Ulam Singh, tu m'entends ?

Il y eut un moment de silence. Une curieuse odeur sortait de la porte entrebâillée et remplissait le couloir, une odeur que le médecin ne parvenait pas à identifier. Du tabac ? Encore un de ces affreux cigares que fumait le baron ? Le médecin inspira profondément par le nez. Non, ce n'était pas une odeur de tabac. Cela y ressemblait un peu, de très loin, et rappelait les feuilles de tabac comme le parfum d'une tasse de thé brûlant peut rappeler l'arôme d'un moka...

— Il est encore vivant ! dit la voix du vieux serviteur derrière la porte.

— Tout a si bien marché, jusqu'à maintenant ! gémit le baron. Il faut absolument qu'il se réveille ! Encore un peu de patience ! Il va se réveiller...

— Je suis fatiguée. Je voudrais aller me coucher ! dit soudain la voix de la baronne.

La baronne était donc là, avec eux ? Le Dr Kircheisen poussa aussitôt la porte.

Un étrange spectacle, dans la pâle lumière de la pièce, s'offrit à sa vue.

Ulam Singh était assis par terre, au milieu de la chambre. Il était inconscient, comme le médecin le remarqua au premier coup d'œil. Les yeux fermés, sa tête pendant sur son épaule droite, il était assis d'une manière curieuse, presque grotesque. Tout le corps sombre et décharné de l'Indien était complètement disloqué en une attitude invraisemblable : le pied droit sur la cuisse gauche, le gauche sur la cuisse droite, très haut, presque au niveau de la hanche ; la main gauche tenait la pointe du pied droit tandis que la droite pendait librement le long du corps. Le baron était penché sur l'Indien, les yeux rivés sur son visage, avec une expression à la fois de crainte et d'espoir. Le vieux Philippe, à genoux sur le sol derrière Ulam Singh, lui essuyait le front et les tempes avec un linge mouillé.

Un petit tas de cendres incandescentes, devant Ulam Singh, dégageait des volutes de fumée bleuâtre ; c'étaient elles qui emplissaient toute la pièce de cette odeur étrange que le médecin avait déjà sentie dans le couloir.

Deux bougies allumées étaient posées sur la table. La baronne était assise dans un fauteuil, les yeux fermés.

— Que se passe-t-il ici ? demanda le médecin. Qu'est-il arrivé avec Ulam Singh, monsieur le baron ?

Aucun des trois n'avait encore remarqué la présence du médecin. C'est alors que le baron sursauta. Troublé, embarrassé, il offrait à cet instant, dans ses vêtements trop larges pour lui, un aspect pitoyable.

— Ulam Singh a appelé, balbutia-t-il, il s'est réveillé et a quitté son lit. Vous n'avez rien entendu, docteur ?

— Non, dit le médecin, pourtant je guette les moindres bruits qui proviennent de sa chambre. Il est curieux que vous l'ayez entendu appeler. Ma chambre est beaucoup plus près que la vôtre.

— Il ne nous reste plus qu'à le remettre dans son lit, interrompit le baron, aide-moi, Philippe !

— Que signifie ceci ? demanda le Dr Kircheisen en désignant le petit tas de cendres, tandis que les deux autres hissaient l'Indien dans son lit.

— Du chanvre, dit le baron, c'est du chanvre. Ulam

Singh aime cette odeur. Allez-vous rester auprès du malade ? Verriez-vous un inconvénient à ce que je passe également la nuit à son chevet ?

— Monsieur le baron, fit le médecin après un court instant de réflexion, je vais d'abord, avant toute chose, faire une injection au patient. Je désirerais ensuite vous parler un moment seul à seul. Voulez-vous m'attendre dans ma chambre ?

— Très volontiers, docteur ! Viens, mon petit moineau, tu as envie de dormir, n'est-ce pas ?

Le baron et le vieux serviteur sortirent de la chambre. La baronne se leva de son fauteuil, à moitié endormie, prit la bougie et fit mine de suivre son père. Mais le médecin saisit sa main et la retint.

— Gretl ! murmura-t-il, je vais parler à ton père.

— J' suis fatiguée, souffla la baronne, à moitié engourdie de sommeil.

— Je suis sûr que cette fois-ci il ne dira pas non.

— J' veux dormir, chuchota la baronne.

— Je te vois demain, au déjeuner ?

La baronne leva la tête et regarda le médecin de ses yeux embués de sommeil. A cet instant, elle poussa un cri d'effroi et laissa tomber la bougie qu'elle tenait à la main. Il fit soudain nuit noire dans la pièce.

— Gretl, qu'est-ce qui t'arrive ? demanda le médecin, effrayé.

— La femme ! s'écria la baronne en s'agrippant des deux mains au bras du Dr Kircheisen, l'étrangère !

— Où cela, Gretl ?

— Ici, dans la pièce !

— Il n'y a personne d'autre, ici, que le jardinier et nous deux !

— J'ai peur. Je veux m'en aller.

Le Dr Kircheisen conduisit la baronne hors de la chambre. Dans le couloir, il alluma la lumière. La demoiselle avait dû effectivement avoir une peur violente, car son visage était blême et elle tremblait de tout son corps. Le Dr Kircheisen lui prit la main et tâta son pouls.

C'est alors que le baron fit irruption dans le couloir, suivi par le vieux Philippe.

— Gretl, où es-tu ? s'écria le baron. Qu'est-il arrivé ? Pourquoi as-tu crié ?

Le Dr Kircheisen haussa les épaules.

— Ce sont ses nerfs qui lui ont joué un mauvais tour. Elle prétend, fit-il avec un sourire, elle prétend... avoir vu une étrangère dans la chambre.

— Tu as vu une femme, Gretl ? demanda le baron.

— Oui. Au milieu de la pièce. Elle avait une bougie à la main et m'a regardée fixement. J'ai peur, papa.

Le baron et le vieux serviteur échangèrent un regard.

— Va te reposer, ma chérie ! fit le père, n'aie plus peur ! Elle ne reviendra plus. Philippe va rester auprès de toi toute la nuit, mon petit moineau, et moi aussi, s'il le faut.

— Ce n'est qu'un peu de fièvre, tout au plus. La baronne a probablement cru reconnaître une silhouette féminine dans la fumée bleuâtre du chanvre. Ou bien votre fille serait-elle sujette à des hallucinations ? demanda le médecin avec une légère nuance d'inquiétude, lorsque la baronne se fut éloignée.

— Non, docteur. Il ne s'agit ni de fumée de chanvre ni d'hallucination. Ma fille a réellement vu une étrangère dans la chambre. C'est bien une femme étrangère qui a effrayé à ce point Gretl, dit le baron d'un ton grave en retournant dans la chambre du malade.

Il alluma la lumière et regarda autour de lui.

— Évidemment ! Je m'en doutais ! dit-il.

Il se pencha et ramassa une grande toile brune.

— Aidez-moi, docteur, demanda-t-il, nous allons la remettre à sa place.

— Vous voulez dire que l'étrangère n'était autre que cette toile ?

— Non. Je vous ai dit que Gretl avait véritablement vu quelqu'un.

Il grimpa sur une chaise et s'employa à masquer avec la toile le grand miroir mural d'où elle avait apparemment glissé.

— Monsieur le baron, dit le médecin, nous pourrions avoir tout de suite notre petite conversation.

— Oui. Je vous écoute.

— J'ai refusé, cet après-midi, de vous donner le sérum que vous me réclamiez. J'ai réfléchi entre-temps. Je suis décidé à utiliser ce remède, si vous le désirez.

— Vous parlez sérieusement? s'écria le baron qui laissa tomber la toile et, aussi vite qu'il le pouvait, descendit de la chaise. Maintenant? Tout de suite?

— Un peu de patience! fit le médecin. Il faut d'abord que j'aille chercher chez moi la préparation et mon réchaud. Tout sera prêt demain, à sept heures et demie.

— Comment pourrais-je jamais vous remercier! s'exclama le baron dans un accès de joie débordante. Je n'aurai pas assez de toute ma fortune pour vous témoigner ma gratitude!

— Si vous estimez que le service que je vous rends est si précieux, alors je vous demanderai peut-être...

— Eh bien, fit le baron, demandez! Demandez-moi ce que vous voulez!

— ... la main de votre fille, dit le médecin à voix basse.

— La main de qui?

— De votre fille!

— Vous plaisantez?

Le médecin perdit patience.

— Monsieur le baron! fit-il d'un ton décidé, vous avez tort de prendre ainsi la chose de haut. J'ai un certain renom dans les milieux scientifiques et je suis correspondant de deux académies. Je suis matériellement indépendant. Ma découverte, le sérum Karasin, pourvu que je parvienne à l'améliorer, est susceptible de me rapporter beaucoup et peut-être même de me rendre célèbre dans le monde entier.

Le baron regarda le médecin d'un air songeur.

— Vous avez raison, docteur ! dit-il. Je vous demande pardon : j'ai été aveugle. C'était à prévoir... (Il se frappa le front.) Comment cela a-t-il pu m'échapper ?

— Puis-je donc compter sur votre acceptation, monsieur le baron ?

— Je vous accorderai la main de ma fille si vous me la demandez demain.

— Je vous remercie, monsieur le baron.

— Si vous me la demandez encore demain, répéta le baron avec insistance. Et maintenant, bonne nuit, docteur ! Vous m'avez dit que tout serait prêt demain matin, n'est-ce pas ? Je sens que je vais beaucoup mieux dormir, ce soir.

Le sérum Karasin

— Allez-y, allumez ! ordonna le Dr Kircheisen.

Le vieux Philippe craqua une allumette et enflamma le réchaud à alcool.

Le Dr Kircheisen, pendant ce temps, avait ouvert sa trousse de cuir noir et répandu son contenu sur la table. D'une boîte plate en fer-blanc, il sortit une fiole qu'il commença à chauffer avec précaution à la flamme du réchaud.

— Philippe ! souffla le baron, appelle la baronne ! Dis-lui de venir tout de suite !

Le Dr Kircheisen, à ce moment, versa le liquide jaune d'or de la fiole dans le tube de la seringue. Puis il s'assit au bord du lit.

Ulam Singh avait un visage terreux, presque blafard. Ses côtes saillaient sous sa peau sombre. Tout son corps tremblait à chaque respiration.

D'un geste vif, le Dr Kircheisen enfonça l'aiguille et pressa sur le piston. Puis il se releva, passa derrière le lit et reposa la seringue.

Le corps penché en avant, le baron gardait les yeux rivés sur le malade, dans l'attente d'une réaction.

— Cela va venir... dit le médecin, encore un peu de patience...

— Il va se réveiller maintenant ? demanda le baron dont la voix tremblait d'émotion.

— Regardez vous-même !

— C'est un vrai miracle... chuchota le baron.

— Oh non ! Il s'est passé exactement la même chose avec Pétronella Hallasch. Le sérum fait toujours le même effet...

Une violente secousse parcourut le corps d'Ulam Singh. Ses genoux se replièrent à angle aigu, puis retombèrent lentement. Sa tête se dressa d'un mouvement brusque.

C'est alors qu'il ouvrit les yeux. Ils étaient effrayants : les pupilles étaient dilatées comme des noisettes, cerclées d'un petit rond jaunâtre. Le malade se redressa péniblement, haleta bruyamment et retomba sur sa couche.

— Ulam Singh ! s'écria le baron.

L'Indien tourna la tête et remua les lèvres. Mais aucun son ne sortit de sa bouche. Il ferma les paupières et resta un moment comme inanimé.

Une minute s'écoula. Le baron, toujours penché au-dessus de l'Indien, lança un regard timide, plein d'anxiété, vers le médecin. « Le sérum ne ferait-il pas effet ? suppliait ce regard. Faites quelque chose, docteur ! Dites au moins quelque chose ! »

Le Dr Kircheisen fit un signe de tête au baron, pour le rassurer... Un signe qui voulait dire que tout allait bien... Encore quelques secondes de patience. Il n'y avait aucune raison de s'inquiéter. Le sérum ne pouvait pas manquer de faire effet...

Aucun des deux n'avait prononcé un mot. Et pourtant chacun s'était compris. Le baron poussa un léger soupir de soulagement. Le Dr Kircheisen sortit sa montre et compta les secondes. Entre-temps, la baronne était entrée dans la chambre sans faire de bruit et regardait tour à tour, de ses grands yeux bleus étonnés et inquiets, le malade, le médecin et son père.

Et puis, enfin, cela arriva. Le Dr Kircheisen eut un

sourire satisfait et remit sa montre dans la poche de son gilet. Ulam Singh s'était brusquement redressé, droit comme un cierge, sur son lit. Il sembla reconnaître seulement le baron, fit de grands signes avec les bras et proféra quelques sons inarticulés, des bribes de langue étrangère, qui tenaient à la fois du criaillement et du ricanement.

Mais c'est le baron qui à cet instant cria encore plus fort qu'Ulam Singh. Ayant attrapé l'Indien par l'épaule, il le secouait et poussait des cris incompréhensibles. Ce n'étaient que quelques mots qu'il criait à l'oreille de l'Indien, mais toujours les mêmes, qu'il répétait sans cesse, avec des gestes implorants, frénétiques, désespérés. Tous deux s'excitaient en hurlant comme des fous, aucun ne voulait laisser parler l'autre.

Soudain l'Indien se tut et se mit à dévisager le baron, bouche bée. Un sourire hagard passa sur son visage terreux. Il opina deux fois de la tête, d'un air grave, comme s'il avait mis longtemps à comprendre ce que lui voulait le baron et saisissait enfin la situation. Il se leva, se dressa en chancelant sur ses jambes décharnées de squelette vivant et, les mains croisées sur sa poitrine, s'inclina en un profond salut oriental.

Le baron, avec un soupir de soulagement, fit un pas en arrière et regarda autour de lui :

— Gretl ! Est-ce que ma fille est là ?

— Je suis là, papa !

Le baron tira la couverture du lit, la posa sur les épaules d'Ulam Singh qui titubait, tel un somnambule ou un ivrogne.

— Combien de temps... combien de temps lui donnez-vous, docteur ? demanda-t-il dans un souffle.

— Une demi-heure. Peut-être un peu plus.

— Vite, en bas ! Philippe, aide-moi, il faut le descendre !

— Où cela, monsieur le baron ? intervint le médecin.

— Dans la serre. Viens, Gretl !

Une sourde inquiétude avait saisi le médecin, dont il n'aurait su expliquer la cause. Un sentiment de peur, non pas pour l'Indien ou pour le baron, mais pour la baronne elle-même.

— Qu'allez-vous faire, monsieur le baron ? demanda-t-il. Qu'allez-vous chercher dans la serre ?

— Plus tard. Vous le saurez plus tard. Pas maintenant. Nous n'avons pas une minute à perdre ! Gretl ! Philippe !

— Où conduisez-vous la baronne ? Expliquez-moi ce que... s'écria le médecin.

— Je vous expliquerai tout plus tard. Le temps presse, fit le baron.

Le médecin regarda le vieil homme d'un œil méfiant. Une idée lui était soudain venue à l'esprit, une supposition qui l'oppressait et l'emplissait d'effroi. Et si le baron venait à regretter sa promesse ? Et s'il enlevait à sa vue la baronne pour aller la cacher, malgré la parole donnée, dans une autre de ses propriétés ?

— Monsieur le baron ! s'écria-t-il, ne maîtrisant plus son émotion, promettez-moi que la baronne va revenir... promettez-le-moi !

— Je vous le jure, docteur ! fit le baron avec un accent étrange, presque solennel dans la voix, ma petite Gretl va revenir bientôt, rassurez-vous ! Laissez-nous y aller, maintenant !

L'inquiétude du Dr Kircheisen ne fut pas calmée par cette promesse.

— Monsieur le baron, fit-il d'un ton décidé, emmenez-moi avec vous dans la serre ! Je ne veux pas la laisser seule.

— Très bien, si vous y tenez ! Mais dépêchons-nous !

— Monsieur ! s'écria à cet instant le vieux Phlippe depuis la fenêtre. La voiture de Mademoiselle vient d'entrer dans le jardin. Elle sera ici dans une minute...

Le baron, à ces mots, entra dans un état d'excitation extrême.

— Ma fiancée ? cria-t-il. Justement maintenant ! Tout le monde s'est donc ligué contre moi !

Il se fit violence pour retrouver son calme.

— Philippe, ordonna-t-il, pars en avant avec Ulam Singh et Gretl ! Prenez l'escalier de derrière, pour ne pas la rencontrer ! Je vous rejoins. Quant à vous, docteur, il faut encore que vous me rendiez un service. Vous voulez bien rester ici, n'est-ce pas ? Il faut que vous consacriez un petit quart d'heure à ma fiancée. Qu'elle ne s'impatiente pas, qu'elle m'attende ici ! Surtout, retenez-la s'il lui prenait l'idée d'aller me chercher dans le jardin ! Dites-lui que je suis encore dans mon bain ou bien que... Racontez-lui n'importe quoi. Vous voulez bien, n'est-ce pas ? Je savais que je pouvais compter sur vous. A tout à l'heure, docteur ! Je vous demande un petit quart d'heure seulement...

Il y avait dans la voix du baron quelque chose d'impérieux, quelque chose qui ne souffrait pas la contradiction ; une volonté opiniâtre, inébranlable, qui prêtait à sa demande la force d'un ordre. Le Dr Kircheisen n'eut pas l'énergie de refuser la mission qu'on lui assignait et se soumit sans protester.

Quand le baron eut quitté la pièce, il commença, sans se presser, à ranger tous ses instruments dans sa trousse de cuir noir. Les scalpels, les fines aiguilles, tous ces objets pointus et dangereux qu'aimait tant la baronne... La baronne ! Le Dr Kircheisen posa sa trousse et alla à la fenêtre. Ulam Singh et le baron venaient juste de pénétrer dans la serre. La baronne était encore dans le jardin. Elle avançait lentement dans l'allée. Comme elle était belle ! Quelle élégance, quelle noblesse chez cette jeune femme à la démarche souple et gracieuse d'une enfant rêveuse ! Le Dr Kircheisen caressait du regard sa svelte silhouette. Elle accéléra le pas à cet instant ; son père l'avait appelée. Encore quelques mètres à franchir et elle aurait disparu de sa vue. Si seulement elle pouvait s'arrêter, rien qu'une minute ! Mais elle était déjà sur le seuil de la porte de la serre. L'espace d'une seconde, la tache claire de sa robe bleu pâle apparut dans l'encadrement de la porte... un ultime scintillement de sa chevelure blonde... puis elle disparut.

Le Dr Kircheisen recula de la fenêtre. L'étrange sentiment d'angoisse, tout à fait inexplicable, qui l'avait déjà saisi tout à l'heure, l'avait soudain repris, mais avec plus de force et de violence qu'auparavant. L'inquiétude s'était transformée en un insupportable tourment, le souci en une certitude oppressante. L'image sombre et floue d'un terrible danger surgit en lui, qu'il ne parvenait pas à formuler mais auquel, cependant, il ne pouvait échapper. Il prit d'un seul coup conscience que le furtif scintillement de cette chevelure blonde, sur le seuil de la serre, était un adieu, un adieu pour toujours... « Elle ne reviendra plus jamais », murmura-t-il, comme s'il s'agissait de quelque chose d'inéluctable, sans savoir lui-même d'où lui venait cette terrible certitude. Il sortit lentement dans le couloir. Il allait reprendre désormais la même existence qui était son lot depuis des années, triste, vide, désolée. Jamais plus, après celle qu'il venait de perdre, il ne pourrait aimer une autre femme ! « Hélas ! » chuchota-t-il — et le son de sa propre voix le sortit brusquement de ses pensées.

Il se retrouva devant la porte du bureau du baron... « Que m'est-il arrivé ? se demanda-t-il, tout surpris. Suis-je devenu bête ! Voilà à peine un quart d'heure qu'elle est partie et je suis déjà en deuil, comme si elle m'avait dit adieu pour la vie. Comment cette idée absurde m'est-elle venue ? Qui pourrait encore me la prendre ? Je suis sûr de son amour, j'ai l'assentiment de son père, que me faut-il de plus ? C'est étrange, comme des pensées absurdes peuvent parfois vous assaillir, au beau milieu d'une journée... »

Il ouvrit la porte et entra. Melitta Ziegler était là, en

train de se balancer dans le grand fauteuil à bascule du baron. Elle paraissait déjà fort impatiente.

— Félix ! s'écria-t-elle au moment où le médecin entra. Ah, c'est vous, docteur ?

— Bonjour, chère mademoiselle.

— Bonjour, docteur. Cela ne va pas ? Vous paraissez bien pâle, aujourd'hui.

— Vraiment ?

— Il est arrivé quelque chose ?

— Non. Pas à moi, en tout cas.

— A qui donc, alors ? Peut-être... Où est Félix ?

— Monsieur le baron va parfaitement bien, reprit-il d'un ton rassurant, il est encore dans la salle de bains et sera là dans quelques minutes.

— Il est guéri ! C'est à vous que nous le devons, docteur ! s'exclama la comédienne en serrant la main du médecin, je vais pouvoir passer toute la matinée ici. Je n'ai pas de répétition aujourd'hui, pour la première fois depuis des semaines. Nous avons eu beaucoup à faire, avec la nouvelle pièce... Mais je vous ennuie, avec mes histoires...

— Au contraire... Tout ce qui touche votre personne, chère mademoiselle, m'intéresse au plus haut point, d'autant plus que je vais avoir bientôt le bonheur de...

— Eh bien, docteur, dites-moi donc quel bonheur vous attend !

— Avec votre permission, chère mademoiselle, je vais tout vous avouer. Vous savez ce qu'un cœur épris... Lorsque nous nous sommes rencontrés la première fois, vous ne pouviez vous douter que j'allais bientôt faire partie de votre famille proche...

— De quoi ? Vous allez faire partie de quoi ?

— De votre très proche parenté, chère mademoiselle. Je me suis fiancé hier.

Melitta Ziegler se leva et dévisagea le médecin.

— Attendez un peu, docteur, fit-elle, je suis un peu perdue... J'ai deux cousines, Lili et Gerti, mais qui sont toutes les deux déjà mariées. Comme célibataire, dans la famille, il n'y a plus que tante Thérèse, celle avec les rhumatismes... Vous n'allez quand même pas épouser tante Thérèse ?

— Vous allez chercher beaucoup trop loin ! La baronne et moi nous sommes fiancés...

— La baronne ? Mais quelle baronne ?

— Eh bien, la fille du baron, évidemment ! Gretl.

La comédienne se laissa retomber, l'air déçu, dans son fauteuil.

— Vous m'avez bien eue, docteur. Il faut dire que vous aviez un air si sérieux... Tout le monde se serait laissé prendre à votre jeu.

— Quel jeu ? demanda le Dr Kircheisen, étonné.

— Vous êtes vraiment fait pour être comédien ! Vous ne tressaillez même pas à la commissure des lèvres ! Moi, je n'arrive jamais à garder mon sérieux, quand je fais une farce à quelqu'un. Il faut que je parle de vous à mon directeur, il passe toute l'année à dénicher de nouveaux talents en province...

— Je ne saisis pas bien, chère mademoiselle, dit le Dr Kircheisen, interloqué, la raison pour laquelle vous persistez à mettre en doute le sérieux de mes propos.

— Je crains, à mon tour, de ne pas bien vous comprendre... Si vous parlez vraiment sérieusement, c'est que vous avez l'esprit dérangé !

— Comment cela, l'esprit dérangé ? s'écria le médecin, atterré.

— Oui, vous êtes devenu complètement fou. Je suis désolée, mais il n'y a pas d'autre mot.

— Mais nous nous aimons ! J'idolâtre la baronne et elle-même m'a avoué son inclination...

— Avoué son inclination ! Que dites-vous là ? Comme si le petit moineau... ce n'est encore qu'une enfant ! s'écria la comédienne.

— C'est justement ce qui m'attire tant chez elle.

— Et vous osez me dire cela en face, sans rougir? Vous devriez avoir honte! C'est à avoir peur de rester seule en tête à tête avec vous! Satyre!

— Mais, chère mademoiselle... bredouilla le médecin.

— C'est votre faute, vous me forcez à être grossière. On ne doit jamais pousser trop loin la plaisanterie, sachez-le! C'est comme au théâtre, on finit par ennuyer les gens...

Elle se mit à bâiller ostensiblement, effrontément.

— C'est toi, Félix? dit-elle au moment où la porte s'ouvrait.

Ce n'était pas le baron, mais le vieux Philippe.

— Monsieur le docteur doit descendre tout de suite. On a besoin de ses services, je crois que le jardinier va mourir, souffla-t-il au médecin.

— Que mademoiselle m'excuse. On me demande, dit très poliment le médecin.

— Très bien. Allez-y! fit Melitta Ziegler avec humeur.

Le Dr Kircheisen suivit le vieux serviteur dans la serre. Il était atterré, désespéré. Il s'était donné tant de mal pour fléchir l'opposition du baron à cette union, et voilà qu'il rencontrait une nouvelle résistance, du parti le plus inattendu. Mais il n'y avait plus de retraite possible, il ne devait pas y en avoir! Il fallait briser cette dernière résistance. Gretl devait absolument quitter avec lui cette maison, où tout allait de travers, où chaque recoin recelait un mystère, une extravagance.

Et effectivement, le monde semblait marcher à l'envers, dans cette maison : un homme de forte taille, aux larges épaules et qui, curieusement, était habillé avec les vêtements du baron, attendait le médecin dans la chambre d'Ulam Singh.

— Vous arrivez trop tard, docteur! dit-il en confidence (il passa son mouchoir dans son cou), il est déjà mort. Je l'ai fait aussitôt porter là-haut.

— Où est Gretl ? s'écria le médecin. Où est ma fiancée ?

— Votre fiancée ? Regardez vous-même, elle vous attend ! dit l'étranger.

Le Dr Kircheisen entra dans la serre aux orchidées. La pièce avait changé d'aspect : sévère, vide et nue, elle était comme dépouillée de quelque chose, d'un élément qui lui appartenait. Le manguier ! Où était le manguier ? Le tronc puissant aux larges feuilles vert bleuté et aux fruits jaune d'or — disparu ! A sa place, il y avait un arbuste aux maigres rameaux, portant, ici et là, quelques minuscules bourgeons. Le Dr Kircheisen, stupéfait, s'approcha du petit arbre. Mais l'instant d'après, il fit un bond en arrière, abasourdi et épouvanté.

Sur l'écorce de l'arbuste, il aperçut un cœur gravé, avec, en dessous, les lettres G.v.V. et F.K., minuscules, à peine lisibles, et cependant les mêmes que celles qu'il avait sculptées la veille sur le tronc du noble manguier !

— Le miracle du manguier vous laisse sans voix, docteur ! fit à ses côtés le colosse qui portait les vêtements du baron en tamponnant sa nuque avec un mouchoir taché de sang. Voilà, Ulam Singh a achevé sa dernière expérience, poursuivit-il.

— Gretl ! s'exclama le Dr Kircheisen en regardant autour de lui.

Les rayons du soleil qui filtraient à travers les verrières obliques l'aveuglaient. Il n'y avait aucune trace de la baronne.

Mais de l'un des sièges de jardin se leva, à ce moment, une curieuse créature : une petite fille, délicate et fluette, mais affublée, encombrée — d'une informe robe bleu pâle, telle une montagne de chiffon que l'enfant devait soulever et porter à deux mains pour faire un pas et qui formait, derrière elle, comme une immense traîne. Nageant dans des chaussures beaucoup trop grandes pour elle, avec ses manches qui traînaient par terre, le petit être s'avança à pas menus vers le Dr Kircheisen.

— Gretl ! s'écria le médecin qui cherchait encore des yeux sa fiancée, avec un gémissement dans la voix.

— Je suis là ! Je suis là ! babilla l'enfant.

Elle trébucha sur sa robe, s'empêtra dans ses manches, se releva à nouveau et arriva enfin auprès du médecin. Un étroit visage pâle, qu'il n'avait encore jamais vu auparavant, leva vers lui ses grands yeux bleus — les yeux de Gretl.

Le Dr Kircheisen fut parcouru d'un frisson. Il chercha à tâtons à agripper un dossier de siège. Tout le jardin des orchidées — les chaises, les tables, les pots de fleurs, les outils — se mit à tournoyer autour de lui, en une ronde frénétique.

— Gretl ! dit la voix de l'étranger aux larges épaules, monte dans ta chambre, ma chérie, change-toi et descends dans le jardin avec maman ! Dis-lui que je vous rejoins. Eh bien, docteur ! Vous ne m'avez toujours pas reconnu ?

Le Dr Kircheisen se retourna machinalement. Le colosse habillé avec les vêtements du baron était derrière lui et — le Dr Kircheisen s'en rendit compte seulement à cet instant — il avait exactement sur ses épaules carrées la tête du baron : le nez franc et busqué, les sourcils broussailleux, les cheveux épais — seuls les plis et les rides avaient disparu ; c'était un visage à la peau lisse et au teint hâlé qui regardait le médecin.

— Asseyez-vous, docteur, fit la voix à l'oreille du Dr Kircheisen, il est temps que je vous donne des explications... Vous m'avez demandé hier quel âge j'avais. Je n'étais pas, à ce moment-là, en mesure de vous répondre. Maintenant, je peux vous le dire : j'ai trente-huit ans. Et ma petite Gretl est effectivement revenue aujourd'hui...

Le jardin du temple d'Agra

— Vous n'arrêtez pas de me regarder, docteur... Vous me trouvez changé, n'est-ce pas ? J'ai eu une bien rude journée hier, vous pouvez me croire. Asseyez-vous, docteur, je vais tout vous expliquer : comment les tik paluga sont arrivés dans ma serre, qui était l'étrangère que ma fille a vue cette nuit, comment je me suis retrouvé dans l'état lamentable où vous m'avez rencontré avant-hier soir... vous allez tout savoir. Mais il faut que je remonte très loin en arrière, au jour où, pour la première fois, j'ai assisté à cette funeste expérience avec l'orchidée. Cela s'est passé dans la ville d'Agra, l'hiver dernier, pendant mon voyage aux Indes.

» Je ne saurais plus aujourd'hui vous dire exactement la date. Mais je me souviens qu'il faisait très chaud pendant la journée, ce qui n'empêchait pas les Hindous d'allumer le matin des petits feux dans les rues, pour se réchauffer. Fraîcheur le matin, soleil brûlant le midi... on devait donc être à peu près au début de janvier. C'était la veille de mon départ d'Agra ; je voulais encore assister à la grande procession organisée par les prêtres hindous de la cité en l'honneur de Parvati, l'épouse de Vishnu, la déesse aux yeux de poisson. On m'avait beaucoup vanté, à l'hôtel Hamilton, le caractère pittoresque de cette cérémonie.

Malheureusement, celle-ci ne put avoir lieu, à cause de deux musulmans fanatiques... — mais j'y reviendrai.

» Je quittai donc l'hôtel Hamilton vers sept heures le matin, pour inviter à une promenade en voiture deux amis anglo-indiens, le capitaine Elliot et le docteur Reginald Fawcett, un cousin de ma défunte femme qui était d'origine anglaise. J'étais à pied. Je revois encore très exactement le paysage devant moi, comme si je l'avais quitté hier. Je suivis d'abord une allée plantée de cocotiers. Un troupeau de vaches vint à ma rencontre; je croisai ensuite deux femmes hindoues en costume d'apparat. Le dôme cuivré du temple de Vishnu scintillait au bout de l'allée et j'entendais les cris des perroquets sacrés qui nichaient dans les ornements de la façade du temple. Puis l'allée de palmiers s'arrêta et le chemin, à partir de cet endroit, serpenta entre des champs d'indigos, de cotonniers, de cannes à sucre jusqu'à un jardin qui faisait déjà partie du temple de Vishnu.

» A l'entrée de ce jardin se tenait Ulam Singh. Il était à l'époque l'un des serviteurs du sanctuaire — ce que je remarquai aux dessins cendrés dont il avait couvert son buste, en l'honneur de Siva, le dieu de la mort.

» J'avais souvent emprunté cette route et pu observer, par-dessus la barrière du jardin, Ulam Singh en train de travailler, lorsqu'il arrosait ses œillets et ses roses du Bengale. Mais je ne l'avais encore jamais vu aussi nerveux. Il s'avança vers moi et m'adressa la parole.

» Il parlait le maharatti. Je ne maîtrise qu'imparfaitement ce dialecte indien; il répéta aussitôt sa prière dans un anglais approximatif : il me demandait si je ne voulais pas entrer dans le jardin pour voir ses fleurs.

» Il faut vous dire, docteur, que je suis un amateur passionné de fleurs. Je sais que vous me tenez pour un vandale et un ignorant, depuis que vous m'avez vu, à votre grand dam, saccager à coups de pelle et de pioche toutes les fleurs de ma serre. Mais je dois vous avouer que ma passion pour les plantes tropicales, durant ces deux derniers jours, s'est considérablement rafraîchie... à juste titre, je crois. Mais à l'époque, à Agra, rien ne pouvait me faire davantage plaisir que l'invitation d'Ulam Singh. J'avais souvent eu envie de visiter le jardin du temple ; je suivis donc Ulam Singh.

» Au milieu du jardin se dressait une énorme statue de granit, représentant le dieu Ganesa, le démon à la tête d'éléphant et aux multiples bras. Tout autour de l'idole s'étalaient des parterres de fleurs : œillets, jacinthes, strobiles blancs et bleus. Quelques tallipots aux grappes rouge sombre avec, au milieu, un petit étang dont le miroir était entièrement recouvert de fleurs de lotus bleutées d'une espèce japonaise.

» Ulam Singh se pencha au-dessus de l'un des parterres et me tendit un œillet.

» Ce n'était pas un œillet ordinaire. Il était blanc, ventru, complètement épanoui, mais avec une marque particulière : ses pétales dessinaient une minuscule fourche à trois dents, le symbole du dieu Vishnu.

» C'était là le résultat de dizaines d'années de recherches et de croisements savants... Je n'en avais encore jamais vu de pareil. Ulam Singh, qui le remarqua aussitôt, me dit son prix : quarante-trois roupies.

» Quarante-trois roupies, cela me parut une somme exagérée pour une curiosité botanique ; je m'apprêtai à m'en aller. Ulam Singh prit un air consterné, me fit signe d'attendre et disparut derrière l'idole. Il revint un instant après et m'offrit un pot avec un jasmin miniature qui portait deux sortes de fleurs, rouges et blanches.

» Je lui demandai son prix.

» — Quarante-trois roupies ! répondit-il.

» L'obstination avec laquelle l'Indien s'arrêtait à ce chiffre me surprit. Je réfléchis quelques secondes. Ulam Singh considéra que le marché était conclu et demanda s'il devait faire porter la plante à l'hôtel Hamilton.

» Mais, au même instant, mon attention fut attirée par une autre plante de la famille des orchidées qui, dans l'ombre de la statue de Ganesa, grimpait le long d'une tige de bois. Je ne connaissais pas cette espèce et j'aurais bien voulu la voir en pleine floraison. Je demandai donc à Ulam Singh s'il n'avait pas dans son jardin un exemplaire de cette espèce d'orchidée qui fût en fleur.

» Ulam Singh répondit par la négative.

» — Comme c'est dommage ! dis-je. Je l'aurais bien achetée.

» Ulam Singh réfléchit un moment.

» — Sahib repassera-t-il par ici ? demanda-t-il.

» — Probablement.

» — Dans une heure ?

» — Éventuellement.

» — Sahib aura la fleur qu'il désire.

» Il m'accompagna jusqu'à la porte du jardin. Là, il prit congé de moi en s'inclinant profondément.

» Je trouvai mes amis attablés autour d'un déjeuner indien ordinaire : poisson, cari, gibier comme chaque jour. Nous fîmes notre petite promenade en voiture puis nous rendîmes au temple, dans la cour duquel étaient déjà exposés les accessoires d'apparat destinés à la procession : un dais posé sur des pieds d'argent, avec des bandoulières incrustées de saphirs, les vêtements de cérémonie des prêtres et, surtout, les deux lourds candélabres d'or qui devaient être fixés sur les défenses de l'éléphant sacré du temple. Il était déjà presque onze heures et demie lorsque je me rappelai le marché conclu avec le jardinier. Nous nous rendîmes tous trois à pied dans le jardin d'Ulam Singh ; la voiture nous suivait, en roulant au pas.

» Les bras croisés, la tête penchée en avant, Ulam Singh se tenait immobile devant la porte du jardin et me guettait. Dès qu'il me vit arriver, il fit son salut oriental et désigna d'un geste d'invite l'intérieur du jardin.

» Nous entrâmes. L'air était lourd de centaines de

parfums. Mais j'ai l'odorat subtil et je distinguai aussitôt une odeur pénétrante que je n'avais certainement encore jamais sentie auparavant.

» — Reginald ! Capitaine ! dis-je en inspirant profondément par le nez. Vous ne sentez rien ?

» — Du kif, dit Reginald, des feuilles de chanvre brûlées !

» Au pied de la statue de Ganesa, il y avait un petit tas de braises. Je me demandai pendant un moment pourquoi Ulam Singh avait eu besoin, malgré la chaleur qu'il faisait déjà, d'allumer un feu. Il n'y avait encore rien lorsque j'étais passé ce matin. Mais à cet instant, mon regard tomba sur quelque chose d'autre, qui n'était également pas là auparavant.

» Une superbe orchidée, presque de la hauteur d'un homme, avec de grosses fleurs orangées, entrelacée sur un échalas de bois... Vous connaissez certainement cette espèce, docteur : ses fleurs ont la forme d'une tête de cheval. Mais le plus curieux est que cette splendide orchidée, tout en fleur, se trouvait exactement à l'endroit occupé, le matin, par la jeune pousse que je n'avais pas voulu acheter.

» J'en étais absolument certain. J'aurais pu le jurer. J'ai dû prendre un air interdit ou ébahi que mes deux compagnons remarquèrent aussitôt.

» — Qu'y a-t-il, monsieur le baron ? demanda l'officier.

» — Regardez cette orchidée, là ! dis-je.

» — Eh bien ? Je suppose qu'il s'agit de la plante pour laquelle nous sommes revenus.

» — Je suis sûr qu'elle n'était pas de cette taille-là ce matin !

» — Impossible ! fit le capitaine.

» Reginald Fawcett, qui ne se lassait pas de humer l'air du jardin, intervint :

» — Vous voulez dire que cette orchidée aurait seulement mis trois heures — le temps où vous étiez ailleurs — pour fleurir et grimper à l'échalas ?

» — Non, ce serait absurde, trop ridicule !

» Reginald ne répondit rien, mais se mit à échanger quelques mots avec Ulam Singh en dialecte maharatti.

» — Il dit, fit-il en se tournant vers moi, que la plante a toujours été là, que vous ne l'aviez simplement pas remarquée. Il dit que vous êtes “ bigle ”.

» — Pas du tout ! J'ai de très bons yeux, au contraire ! Vous pouvez me croire, Reginald, la plante n'était pas là ce matin.

» Fawcett échangea à nouveau quelques mots avec Ulam Singh.

» — Il dit, reprit-il, que l'orchidée était ce matin dans l'ombre de la statue de Ganesa et que c'est la raison pour laquelle elle ne vous est pas apparue dans toutes ses couleurs. C'est pourquoi il vous a demandé de revenir.

» Cette explication ne me satisfit pas. Le capitaine Elliot, entre-temps, commençait à s'impatienter.

» — Eh bien, demanda-t-il à l'Indien, combien en demandes-tu ?

» — Quarante-trois roupies, dit Ulam Singh doucement, timidement.

» — Quarante-trois roupies ? Mais tu es fou, négro !

» Le capitaine Elliot, lorsqu'il était en colère, avait l'habitude de traiter de “ négro ” toute personne qui n'était pas originaire de la City de Londres.

» En guise de réponse, Ulam Singh posa le jasmin miniature à côté de l'orchidée et, auprès de lui, l'œillet à la marque pourpre de Vishnu. Puis il fit un geste circulaire de la main autour des trois pour signifier qu'il laissait le tout pour quarante-trois roupies.

» — On ne doit jamais leur donner ce qu'ils réclament, déclara l'officier d'un ton sec et péremptoire, offrez-lui-en la moitié !

» Ulam Singh, qui avait compris, secoua la tête.

» — Demandez-lui donc pourquoi il a besoin de cet argent ! dis-je à Fawcett.

» La réponse de l'Indien, aussitôt traduite par Fawcett, fut qu'il voulait prendre le train de nuit pour Bombay.

» — Qu'est-ce que tu vas faire là-bas ? voulut savoir le capitaine.

» Ulam Singh haussa les épaules et baissa la tête sans rien répondre.

» — Trente roupies ! Mon dernier prix ! s'écria Elliot.

» Il mettait un point d'honneur à me démontrer que j'étais le type même du touriste qui se laisse berner, tandis que lui savait comment s'y prendre avec les indigènes. Son intervention me déplaisait, mais je ne voyais pas comment m'y opposer.

» L'offre de trente roupies provoqua chez Ulam Singh de nouveaux signes de dénégation. Il se mit à regarder autour de lui d'un air soucieux, cherchant s'il ne pouvait pas trouver quelque chose d'autre à offrir.

» — Venez, baron, insista Elliot en me tirant vers la sortie, je connais bien les Orientaux, je vous parie cinq contre un que le gaillard va vous courir après dans un quart d'heure.

» Nous quittâmes le jardin. Bien que le marché n'eût pas été conclu, Ulam Singh nous raccompagna jusqu'à la rue avec la même politesse soumise qu'il avait déployée pour nous accueillir. Lorsque la voiture s'ébranla, je croisai une dernière fois son regard implorant.

» J'étais contrarié, de mauvaise humeur, fâché de la manière un peu cavalière dont Elliot avait fait étalage devant moi de sa prétendue connaissance des mœurs indiennes.

» — L'Indien ne nous a pas couru après, capitaine ! dis-je lorsque nous arrivâmes à proximité de l'hôtel. Il me faut absolument ces orchidées ! Retournons là-bas !

» — Comme vous voulez ! répondit Elliot.

» Nous fîmes demi-tour. Un quart d'heure plus tard, nous étions à nouveau à la porte du jardin d'Ulam Singh.

» Nous appelâmes. Mais personne ne répondit. Il n'y avait plus trace de l'Indien.

» Nous entrâmes. Elliot marchait devant. Le jardin était vide. Le soleil brûlant de midi faisait perler la sueur sur nos fronts. Je sentis à nouveau une odeur de chanvre, plus forte, plus piquante que la première fois.

» Elliot, comme je le disais, marchait quelques pas devant nous. Soudain il s'arrêta.

» — Nous nous sommes trompés de chemin, fit-il, ce n'est pas l'endroit que nous cherchons.

» — Comment cela ? fis-je. J'aperçois là-bas la statue de Ganesa ! Et voici le bassin avec les fleurs de lotus bleues ! Et encore le jasmin aux fleurs blanches et rouges !

» — Et où est donc l'orchidée ?

» Nous nous regardâmes tous les trois, médusés. Là où, à peine une demi-heure auparavant, l'orchidée orangée grimpait jusqu'à hauteur d'homme, se trouvait à nouveau une plante verte malingre — la même que j'avais aperçue le matin, si petite que ses feuilles eussent à peine suffi à couvrir un casque colonial.

» Fawcett fut le premier à rompre le silence.

» — Je vous félicite, messieurs, dit-il. Vous avez été par hasard les témoins d'une expérience typique de sadhu indien qui restera encore gravée dans votre mémoire, monsieur le baron, lorsque vous aurez quitté ce pays. Tous les étrangers n'ont pas la chance de pouvoir ramener un tel souvenir de leur voyage.

» Fawcett ne soupçonnait pas à quel point ses paroles étaient prophétiques. Sans votre intervention, docteur, l'expérience d'Ulam Singh serait effectivement restée pour moi un souvenir inaltérable... de ceux que l'on ne peut oublier tant ils sont terrifiants. Sur le coup, nous ne comprîmes pas ce que voulait dire exactement Fawcett. Le capitaine affichait un sourire mi-embarrassé, mi-sceptique et, quant à moi, je devais probablement avoir l'air un peu ahuri.

» — Cela fait dix-huit ans que j'habite en Inde, expliqua Fawcett, et j'ai déjà vu toutes sortes de tours de fakir. Je possède chez moi un dossier relativement complet avec le compte rendu de diverses expériences de sadhus auxquelles j'ai assisté. Je n'ai observé celle-ci qu'à cinq reprises : une fois sur un manguier, deux fois sur un haricot grimpant, une autre fois sur une canne à sucre, aujourd'hui sur cette orchidée...

» — Que s'est-il produit exactement ? demandai-je. Croyez-vous sincèrement, Reginald, que...

» — Ce n'est pas une simple question de " croyance ", comme vous dites. Il ne s'agit pas de suppositions, mais de faits avérés. Votre jardinier est effectivement un sadhu, un mage hindou. Il semble n'être encore à vrai dire qu'un débutant, au stade du Yama, de la suggestion dite " extérieure " qui permet au sadhu, grâce à certaines forces supérieures, d'assurer son emprise, principalement sur un organisme étranger. La façon dont s'est déroulée l'expérience laisse à penser qu'il s'agit d'un adepte aux facultés encore peu développées. Mais j'ai personnellement déjà rencontré des sadhus qui étaient arrivés au huitième degré de la méditation, au stade du Samadhu, où l'être " s'abîme en lui-même ", ce qui lui prête une maîtrise sur son organisme propre — stade beaucoup plus rare et difficile à atteindre.

» Je vous prie de croire, docteur, que ces propos me jetèrent dans le plus grand trouble. J'entendis Elliot qui, à côté de moi, chuchotait tout bas son mot favori de " billevesée ! "

» — N'avez-vous jamais lu, reprit Fawcett, les observations de Braid, le célèbre physiologue, sur le cas d'un certain yogi Harida ? Ou encore son compte rendu sur le doigt coupé de Sipra, la femme hindoue ?

» — L'explication, Reginald ! Donnez-moi une explication biologiquement concevable ! m'écriai-je.

» — Les sadhus ont la faculté d'accélérer de façon extraordinaire la croissance d'un organisme étranger et de le ramener ensuite à son stade originel. Peut-être en vertu de radiations émises par leur corps ou de germes analeptiques de nature immatérielle... on ignore presque tout de ce phénomène. Mais on sait que la plupart des sadhus sont capables de se plonger en état de transe en respirant la fumée de certaines préparations à base de chanvre... Ils appellent cela “ se rapprocher de la divinité ”. J'ai tout de suite remarqué l'odeur de chanvre. Voudriez-vous avoir l'obligeance, messieurs, de m'aider à rédiger mon compte rendu ? Pour mes archives...

» Voilà tout ce que j'appris de l'expérience d'Ulam Singh. Nous l'appelâmes, le cherchâmes en vain pendant une demi-heure. Il demeura introuvable et nous quittâmes finalement le jardin.

» Le soir même, je soupais à l'hôtel Hamilton, à la table d'hôte. Le repas était fini, les domestiques desservaient les corbeilles de fruits et apportaient les carafes de bronze avec l'eau destinée à nous tremper le bout des doigts. Juste au moment où j'allais me lever pour regagner ma chambre, un nouveau client entra dans la salle à manger : le Dr König, du *Journal de Cologne*.

» Il s'approcha de la table, tout excité. Il ne faisait de doute pour personne, à le voir, qu'il était en possession d'une nouvelle sensationnelle et brûlait de la rapporter.

» — La procession est tombée à l'eau. Vous avez attendu pour rien, monsieur le baron !

» Nous l'assaillîmes aussitôt :

» — Pourquoi ? Qu'est-il arrivé ?

» — Il y a eu une gigantesque bagarre entre hindous et musulmans. On a même tiré des coups de feu !

» — Vraiment ? Des coups de feu ! On n'a rien

entendu, ici. Vous étiez là-bas ? Pour quelle raison ? s'écria-t-on de toutes parts.

» Le Dr König n'en savait rien. Il ne comprenait aucun des dialectes indigènes et il ne s'était trouvé personne pour prendre le temps et la peine de lui expliquer en anglais ce qui se passait.

» Mais le directeur de l'hôtel, qui entra à cet instant dans la salle à manger, avait davantage d'informations sur l'incident.

» — Des troubles très graves ont éclaté à l'est de la ville. La grande procession n'aura malheureusement pas lieu, dit-il sur le même ton de regret avec lequel il annonçait d'habitude qu'il n'y avait plus de tomates farcies ou que les côtes de veau ne figuraient plus au menu.

» — Et quelle est l'origine de ces troubles ? demandai-je.

» — Un très grave sacrilège. Comme vous le savez, le livre sacré contenant les prières en l'honneur de la déesse Parvati — un in-folio vieux de plus de mille ans — devait être promené demain avec la procession à travers les rues et exposé au regard des fidèles. Eh bien, ce livre sacré — que les hindous appellent *Gaunth* — ne pourra pas être montré.

» — Il a été volé ?

» — C'est bien plus grave : il a été déchiré et souillé et, en plus, avec du sang d'animal, probablement une vache ou un mouton. Aux yeux des hindous, il n'existe pas plus grave profanation.

» — Et qui a fait cela ?

» — Deux musulmans fanatiques, des Afghans. On connaît même leur nom. Ils se seraient déjà vantés à mots couverts, il y a plusieurs semaines, de leur intention.

» — On les a arrêtés ?

» — Malheureusement non. Ils ont été immédiatement mis en sécurité par leurs coreligionnaires. En revanche, plusieurs pauvres types, complètement innocents, ont déjà dû subir la vengeance de la populace — les gardiens du temple, les serviteurs du sanctuaire. Deux d'entre eux sont tombés aux mains de la foule déchaînée. L'un est mort, l'autre est à l'hôpital de la mission.

» — Et les autres ?

» — On les pourchasse encore dans la ville. Ils auraient d'ailleurs eu tout le temps de décamper. On dit que les serviteurs du sanctuaire, en vérité, avaient déjà découvert le crime depuis plusieurs mois, mais qu'ils n'avaient rien dit par peur du châtiment, essayant de repousser le plus tard possible l'échéance de la catastrophe. Aujourd'hui évidemment, à la veille de la procession, il fallait bien que la chose éclatât au grand jour. Vous entendez ce bruit ? Ils sont apparemment encore en train de poursuivre l'un de ces pauvres diables...

» Je savais maintenant pourquoi Ulam Singh avait mis tant d'insistance à réclamer ses quarante-trois roupies. C'était l'argent dont il avait besoin pour partir à Bombay ; il voulait quitter Agra et se mettre à l'abri de la vindicte de la populace dans la grande ville portuaire. J'étais véritablement furieux contre le capitaine Elliot qui m'avait empêché de venir au secours de l'Indien. J'étais responsable si le malheureux, à cette heure, était déjà mort ou grièvement blessé à l'hôpital ou sur le point d'être lynché par la foule frénétique. Je m'adressais d'amers reproches. J'aurais pu sauver une vie humaine ! Je me rappelai le dernier regard d'Ulam Singh, lorsqu'il m'avait supplié en vain de l'aider, au moment où la voiture avait démarré.

» Je quittai la salle à manger. Dans le hall, le directeur de l'hôtel s'avança vers moi.

» — Monsieur le baron, dit-il, vous avez émis récemment le désir d'engager à votre service, avant de partir, un serviteur indigène. Je peux vous recommander quelqu'un de très sûr et de très compétent. Viens ici, boy ! Salue le sahib !

» Du coin sombre où il se cachait, sortit alors mon ami Ulam Singh, dont je croyais avoir la mort sur la conscience.

» — Entre nous, monsieur le baron, vous faites une bonne action en engageant cet homme. Il faut absolument qu'il quitte Agra. C'est l'un des malheureux serviteurs du temple qui ne se sentent désormais plus très bien dans leur peau. Il n'y a personne pour croire, dans la situation présente, qu'Ulam Singh pourrait encore faire de vieux os ici.

» Ulam Singh s'inclina respectueusement devant moi. Il sortit de dessous son manteau jaune un petit pot de fleurs qu'il déposa à mes pieds. C'était le jasmin aux fleurs bicolores que j'avais voulu lui acheter. Il l'avait emmené avec lui et me l'offrait en cadeau, tel un chien battu qui apporte un os ou un bâton pour se concilier les bonnes grâces de son maître.

» J'eus l'idée que je pourrais parfaitement employer Ulam Singh dans ma serre, à Vienne.

» — Tu es jardinier ? demandai-je.

» — Le sahib veut t'emmener avec lui en Europe. Réponds, boy ! (L'hôtelier se tourna vers moi.) Il peut faire tous les travaux de jardin : entretenir des parterres, tailler et greffer des arbres...

» — Rien d'autre ? demandai-je à l'Indien. Vraiment rien d'autre ?

» — Il fera maintenant n'importe quoi, même les plus basses besognes, puisqu'il est désormais exclu de sa caste, assura l'hôtelier.

» — Je voudrais savoir si tu es capable de faire éclore ces bourgeons de jasmin en l'espace d'un quart d'heure, dis-je à Ulam Singh.

» Mais l'Indien secoua énergiquement la tête et fit avec la main un geste de dénégation.

» — Vous pensez certainement à ce célèbre tour de magie des ascètes hindous, monsieur le baron ? fit l'hôtelier avec un sourire. Ce n'est pas une chose si courante, croyez-moi. Les touristes imaginent toujours que n'importe quel indigène est capable de ces choses. Sachez, monsieur le baron, que j'habite ici depuis l'âge de seize ans et qu'il ne m'a été donné qu'une seule fois de voir ce tour. C'était à Saipur, de la part de quelqu'un que l'on appelle un « buth », un chanteur des rues du Rajasthan. Non, monsieur le baron, il ne faut pas vous attendre à ce genre de choses de la part de notre homme. Mais c'est un jardinier consciencieux et qui connaît son métier, je puis vous le garantir.

» Ulam Singh gardait la tête basse et ne disait mot, attendant ma décision.

» Voyez-vous, docteur, il me plaisait que l'Indien gardât ainsi son secret pour lui. J'y voyais la marque de la sensibilité d'un artiste authentique, qui n'entend pas jeter ses œuvres en pâture à la curiosité des foules.

» — C'est bien, tu peux rester, dis-je, prépare-toi, nous partirons probablement dès demain.

» Ulam Singh était déjà prêt. Il alla chercher son baluchon, qu'il avait laissé dans son coin et qui contenait des feuilles de bétel, des noix, quelques bracelets et un chapelet de grains rouges. Et quelque chose d'autre encore : une poignée de chanvre broyé.

La position du lotus

» Durant notre voyage de retour en Europe, je n'ai rien remarqué d'extravagant ou d'étrange dans le comportement d'Ulam Singh, parfaitement conforme à ce que l'on pouvait attendre de n'importe quel domestique indigène. Il tenait mes affaires en ordre, me servait comme il convenait et passait le reste de son temps à mâcher des feuilles de bétel qu'il s'entendait à beurrer ou même à fourrer d'un mélange de noix d'arec.

» Ici aussi, à Vienne, il fut au début un domestique comme les autres ; malgré des habitudes de vie peut-être un peu excentriques, rien, dans son comportement, ne rappelait l'étrange scène qui s'était déroulée dans le jardin du temple de Parvati, à Agra.

» Ce n'est que quelques mois après que se produisit l'aventure tragi-comique de mon valet de chambre Philippe avec son petit renard, cette même aventure qui devait déclencher une série d'événements qui m'obligèrent finalement, docteur, à requérir votre aide.

» Pour dire les choses en un mot... Philippe et mon jardinier indien ne s'entendaient guère. A l'origine, il y avait certainement, de la part de mon vieux valet de chambre, une réaction de jalousie. Il faut savoir que Philippe est dans cette maison depuis de nombreuses années ; je l'ai repris à mon service après le décès de mon frère aîné. Il est certain également que les manières singulières, trop typiquement indiennes, d'Ulam Singh ont contribué à exaspérer le vieux Philippe. L'Indien, par exemple, se plaisait à toujours chanter en travaillant dans le jardin, scandant un rythme étrange, proprement insupportable pour des oreilles européennes. Il n'y avait également rien à faire pour dissuader Ulam Singh d'étaler chaque jour, dans l'escalier ainsi que dans la véranda, un atroce mélange de bouse de vache, comme c'est la coutume dans son pays. Autant d'occasions de disputes qui aboutirent, un jour, à de réelles voies de fait dont l'origine, d'ailleurs, est assez comique.

» Ulam Singh était superstitieux. Il ne tolérait pas que quiconque cueillît la moindre rose dans son jardin. Il était persuadé qu'une divinité indienne avait élu domicile dans chacun des rosiers, où elle passait toute la journée à sommeiller. C'est la raison pour laquelle, avant de toucher chaque rose avec son sécateur, Ulam Singh tapait trois fois dans ses mains afin d'avertir la divinité et de lui laisser le temps de s'éloigner. Ulam Singh ne manquait jamais de sacrifier à ce cérémonial — ce qui nous amusa souvent beaucoup, mes invités et moi.

» Or il arriva un jour que Philippe, en l'absence d'Ulam Singh, provoqua dans le jardin une sorte de crépuscule des dieux ; il avait coupé au moins trois douzaines de roses sans prendre la peine, évidemment, de faire l'honneur aux dieux de les réveiller auparavant. Il s'ensuivit entre Philippe et Ulam Singh une dispute qui dégénéra cette fois en une sauvage bagarre où mon jardinier n'eut pas le dessus. Il s'éloigna en boitant et en proférant en dialecte maharatti de terribles imprécations et malédictions. A partir de ce jour il n'eut de cesse, apparemment, de trouver une occasion de se venger. Et sa soif de vengeance fut si forte qu'elle le poussa à faire usage de cette faculté mystérieuse dont il gardait jalousement le secret devant moi, mais dont il m'avait donné un exemple naguère, à Agra. Imaginez donc, docteur, qu'il en vint à concevoir l'idée d'agir sur la croissance d'un organisme étranger... Mais non ! Je vais vous raconter l'histoire depuis le début !

» Le vieux Philippe, qui aime beaucoup les animaux, avait reçu en cadeau voici quelques semaines de la part de son neveu, qui est garde forestier, un petit renard, à peine âgé de huit jours, très gentil, et avec lequel on pouvait jouer comme avec un chaton. Philippe se donnait beaucoup de peine pour l'élever. Le renardeau, avec ses attitudes toujours très cocasses, était devenu en quelques heures le petit chéri de tous les domestiques qui n'arrêtaient pas de défiler au long de la journée devant l'appentis où Philippe avait abrité l'animal. Il se laissait cajoler, caresser et jouait tout le temps avec les bouts de bois et les bobines qu'on lui apportait.

» Le lendemain de la dispute entre Ulam Singh et Philippe, vers huit heures, le matin, j'entendis soudain du bruit dans la cour. Je m'approchai de la fenêtre. Je vis le vieux Philippe qui accourait en hurlant. Il agita le bras, m'aperçut à la fenêtre et s'arrêta en faisant un geste en direction de l'appentis.

» A cet instant surgit, jaillit une forme puissante, allongée, de couleur fauve... Je pensai d'abord à un chien enragé. Le monstre se précipita au milieu des poules, qui s'égaillèrent en tous sens. Puis il se lança dans une course folle et sauvage autour du mur d'enceinte de la cour, tandis que Philippe, réfugié dans un coin, n'osait plus bouger...

» Je courus dans la pièce voisine, décrochai mon fusil de chasse, le chargeai et tirai.

» L'immonde bête culbuta, retomba, se traîna encore quelques mètres puis s'étendit de tout son long.

» Je descendis dans la cour. Un renard adulte, d'une

taille énorme, gisait sur le sol. Mon coup de fusil lui avait brisé la colonne vertébrale.

» Le vieux Philippe sortit de son coin et s'approcha à son tour. Il était blême de peur et tremblait de tous ses membres.

» — C'est ce démon d'Ulam Singh ! Il m'a volé mon petit renard et il a mis à la place cette bête sauvage dans l'appentis ! gémit-il en me montrant son bras sanguinolent.

» Il avait effectivement une morsure profonde. La bête s'était ruée sur lui au moment où il avait ouvert la porte pour aller la caresser.

» Je fis venir Ulam Singh et l'accablai de reproches. Ce faisant, je dus me forcer pour garder mon sérieux, car il faut dire que la manière à la fois raffinée et comique que l'Indien avait trouvée pour se venger m'amusait plus que je ne voulais l'avouer.

» J'insistai pour savoir comment il s'était procuré aussi vite une vieille bête si hargneuse.

» Mais je ne pus rien apprendre de l'Indien. Il écouta mes reproches sans mot dire et haussa simplement les épaules.

» J'exigeai qu'il m'explique au moins où il avait caché le renardeau.

» Ulam Singh ne répondit rien.

» J'allai chercher une badine dans un tiroir, la fit claquer plusieurs fois en l'air pour signifier mon courroux et menaçai l'Indien de le jeter à la rue.

» Lorsqu'il me vit en colère, Ulam Singh prit peur et se jeta à mes pieds.

» — Où as-tu caché le renard, vaurien ? m'écriai-je.

» — Sahib, c'est le même ! gémit Ulam Singh. Je jure que c'est le même !

» — Tu es devenu fou ?

» — Il a vieilli pendant la nuit ! Je te jure, sahib, c'est le même ! Regarde la tache blanche sur le front...

» J'allai dans l'appentis... J'aperçus, dans un coin, un petit tas de braises et reconnus aussitôt l'insupportable odeur de chanvre ; je fis immédiatement le rapprochement ; aussi insensée, inconcevable que l'idée pût paraître sur le moment, elle était déjà devenue pour moi l'instant d'après, une réalité incontestable, indéfectible.

» — Ulam Singh, dis-je d'un ton inquisiteur et impatient, tu as fait avec le renard la même chose qu'avec l'orchidée, à Agra !

» — Oui, sahib. Je l'ai fait vieillir en une seule nuit.

» — Comment t'y es-tu pris ? Réponds, ou je te casse les reins !

» — Avec la position du lotus, dit l'Indien d'une voix tremblante, et en arrêtant de respirer, pour purifier mon corps. Nos sages appellent cela : " padmâsana ".

» — Et qu'est-ce que la position du lotus ?

» — Le pouvoir de la fleur de lotus est très grand, à condition que le terreau du corps soit purifié, répondit-il d'un ton mystérieux.

» — Décris-moi ce que tu as fait ! insistai-je.

» — La volonté est l'engrais, le renoncement la pluie, la contemplation le soleil, disaient nos maîtres.

» Je ne pus tirer davantage de l'Indien. Il répétait toujours les mêmes phrases lapidaires. En revanche, il sembla bientôt que la retenue, la réserve qu'Ulam Singh s'était toujours imposée jusqu'à présent fût levée. De fait, le miracle de l'orchidée se répéta jour après jour. Sur un petit oranger dans le vestibule de la villa apparurent un matin quatre fruits dorés, sans que j'eusse remarqué auparavant la moindre fleur ; un haricot, planté la veille par mes soins, atteignit le lendemain plusieurs mètres de haut ; un chaton qui venait de naître commença le soir même à rôder dans la remise, en chasse de souris... Vous me regardez d'un air surpris, docteur, vous vous demandez comment je peux vous relater ces phénomènes qui contredisent toutes nos connaissances en matière de biologie, comme s'il s'agissait de la chose la plus évidente et la plus naturelle. On s'habitue en vérité très vite à l'inconcevable, à l'inexplicable. L'homme qui a entendu pour la première fois résonner une voix fantomatique dans un téléphone, qui a vu pour la première fois un aéroplane décoller mystérieusement du sol, est sans doute resté un moment figé d'étonnement; mais cette réaction ne fut que de courte durée. Déjà, l'instant d'après, le miracle était devenu pour lui ordinaire, presque banal, et il s'en servait comme s'il en avait toujours disposé. C'est exactement ce qui s'est passé avec moi. Je ne restai effectivement stupéfait, décontenancé, qu'un court moment; je m'habituai très vite au miracle et le phénomène me parut bientôt si familier qu'on eût dit que j'avais grandi dans l'univers hermétique d'Ulam Singh, que j'avais de tout temps partagé les secrets de sa sagesse et de ses pouvoirs magiques.

» Aujourd'hui qu'Ulam Singh est mort, les événements de ces derniers jours commencent sans doute à m'apparaître à nouveau moins évidents et vraisemblables. L'impression de profonde stupeur, qui m'avait saisi à la première seconde et qui s'est ensuite effacée, se réveille à nouveau, et je vois venir le temps où ce que j'ai vécu n'habitera plus ma mémoire que comme un rêve angoissant, terrifiant, né d'une imagination enfiévrée et dépourvu de toute réalité.

» Et pourtant j'ai vu de mes yeux l'expérience d'Ulam Singh et ressenti dans ma chair... mais permettez-moi, docteur, de reprendre le fil des événements.

» C'est quelques jours plus tard que je demandai à Ulam Singh de bien vouloir me laisser assister à l'une de ses expériences. Il fallait qu'il démontrât son art sous mes yeux. Je ne demandai pas cela par méfiance ou même, au fond, par intérêt scientifique. Ce n'était que par curiosité, rien que simple curiosité. Je parvins finalement à réaliser mon souhait.

» Nous convînmes que l'expérience serait tentée en ma

présence sur Billy, le petit fox de Gretl. Je me souviens encore très exactement de tous les longs préparatifs auxquels procéda l'Indien. La scène se passait dans la véranda. Le chien était lié à un pied de chaise et jouait avec une boule de papier.

» Ulam Singh fit d'abord une chose très curieuse. Il sortit un linge étroit, d'une longueur de cinquante centimètres environ, qu'il avala complètement et ressortit ensuite de sa gorge en le tirant par une extrémité, lentement, pouce par pouce — ceci afin, dit-il, de « purifier le terreau de son corps ». Cela vous paraît invraisemblable, docteur, mais les sadhus indiens sont sans conteste — le phénomène est avéré — capables de contrôler leurs réactions musculaires dans une proportion bien plus large que nous. Ulam Singh but ensuite des quantités d'eau qu'il recracha aussitôt — ceci également pour purifier l'intérieur de son corps, condition indispensable, m'expliqua-t-il, pour conquérir la maîtrise des forces naturelles.

» Il alluma alors un petit feu de charbon de bois au milieu de la véranda et jeta sur les braises des poignées d'une poudre verdâtre.

» Aussitôt se répandit cette odeur pénétrante de chanvre que j'avais déjà sentie à plusieurs reprises. J'attrapai immédiatement une forte migraine et commençai à suffoquer. Billy jouait toujours avec sa boule de papier. Ulam Singh, cependant, se mit en lotus. Il posa le pied droit sur sa cuisse gauche et, inversement, le pied gauche sur sa cuisse droite ; puis il attrapa des deux mains ses pointes de pied et retint sa respiration. Je me postai derrière lui et pus vérifier, à l'aide de mon miroir de poche, qu'aucun souffle ne sortait effectivement de ses poumons. L'activité cardiaque semblait également suspendue. Ses yeux saillirent et les veines de son front commencèrent à gonfler et à battre violemment.

» J'étais si absorbé, pendant tout ce temps, dans l'observation de l'Indien, que j'avais complètement oublié le véritable sujet de l'expérience, le petit fox-terrier. Je me tournai alors seulement vers le chien.

» Un vieux roquet chassieux était étendu devant moi sur le sol. La bave lui coulait de la gueule. Il me regarda en clignant ses paupières fatiguées. Je l'appelai par son nom :

» — Billy ! criai-je, Billy !

» Le chien essaya péniblement de se lever, mais retomba aussitôt, sans force, sur le sol. Quelques mouches bourdonnaient autour de sa tête, mais Billy était trop faible ou trop paresseux pour les chasser. Il poussa un petit gémissement qui se transforma en un bâillement, s'étira, me regarda encore une fois en clignant des yeux et se rendormit.

» Je ne saurais vous décrire l'émotion qui s'empara de moi. Jamais encore auparavant, de ma vie, je n'avais vu une image aussi cruellement vraie de la détresse de l'âge. Ce chien qui, il y a encore un quart d'heure à peine, débordait de vie et d'entrain et qui, maintenant, gisait sur le sol, trop las pour chasser les mouches autour de lui... — je n'ai pas assez de mots pour vous expliquer ce que ce spectacle avait de terrible, d'effrayant... Je l'appelai encore une fois par son nom. Il tourna à nouveau sa tête vers moi et se mit à pousser des petits cris plaintifs.

» — Assez ! Assez ! criai-je à l'adresse d'Ulam Singh. Assez !

» Ulam Singh sursauta, inspira profondément et me regarda. Puis il fit un geste vers le chien, en souriant.

» Quelques instants après il se releva lentement, fit quelques pas dans la véranda, s'arrêta devant le chien avec un regard qui semblait exprimer un sentiment de triomphe en même temps qu'il trahissait un désir de gratitude et de reconnaissance. Puis il se pencha, prit l'un des charbons ardents dans sa main et s'approcha du chien.

» L'animal ne bronchait pas, bien que le charbon

incandescent fût de plus en plus près de sa tête. Ce n'est que lorsque la braise commença à lui brûler les poils qu'il grogna légèrement et détourna sa tête indolente. L'animal, ainsi, était devenu aveugle en vieillissant — voilà ce qu'avait voulu me montrer Ulam Singh.

» J'ai beau avoir des nerfs d'acier, c'était plus que je n'en pouvais supporter. Il me sembla que l'animal avait atteint la limite extrême de son âge, que le fil ténu qui le reliait encore à la vie allait se rompre l'instant d'après... Je bondis et exigeai d'Ulam Singh — en phrases confuses et décousues, je crois — qu'il mît fin immédiatement à l'expérience.

» Ulam Singh, à vrai dire, prit tout son temps. Il jeta à nouveau une poignée de poudre sur les braises, s'assit par terre lentement, posément, inspira plusieurs fois profondément et reprit enfin la position du lotus — tout ceci avec des gestes mesurés et minutieux, comme quelqu'un qui n'est absolument pas pressé.

» Cette fois-ci je ne l'observai pas plus avant, mais concentrai au contraire toute mon attention sur le chien. Pendant plusieurs minutes, je ne notai aucun changement en lui. Tout à coup, il releva brusquement la tête, commença à s'agiter, poussa des petits cris — davantage des grognements que des gémissements — et, au même moment, je vis soudain la vie revenir dans ses yeux ; il leva la tête vers moi, me reconnut — et c'est alors que, pour la première fois, me traversa une idée folle qui ne devait plus me laisser de répit depuis cette seconde !

» L'expérience, comme je pouvais le constater, avait réussi. Il fallait absolument la répéter ! me disais-je. Il fallait encore une fois essayer, non plus sur un animal, ni sur une plante, non ! Sur moi-même !

» C'était naturellement pure folie... Une soif insensée d'inconnu, une envie téméraire de m'aventurer sur des terres obscures et incertaines. La même pulsion qui me pousse à escalader des parois abruptes où aucun autre œil que le mien ne distinguerait la moindre prise où s'agripper et mettre le pied.

» Je ne pouvais cependant pas deviner, à ce moment-là, l'ampleur du danger qui allait s'abattre inopinément sur nous. Je n'aurais sinon jamais conçu l'idée frivole et criminelle d'impliquer dans ce projet ma propre fille, mon enfant unique. Oui, c'est vrai, c'est sur elle que je voulais tenter l'expérience. Je brûlais du désir de la voir, l'espace d'une minute, dans le plein éclat d'une beauté de femme, je voulais me projeter dans son avenir, j'imaginais qu'elle ressemblerait alors à sa mère défunte, qui était une femme merveilleusement belle... Il y eut soudain un grand bruit. Le siège auquel le chien était attaché s'était renversé, Billy se mit à courir en tous sens dans la véranda, sauta sur la table en jappant, aussi fou, aussi turbulent et exubérant qu'auparavant... Définitivement, indéfectiblement s'était inscrite en mon esprit la décision qui devait me coûter des heures d'angoisse et de désespoir et, pour Ulam Singh, signifier la mort.

L'ultime expérience

Le baron garda un moment le silence, retira le mouchoir de son cou et contempla les taches de sang.

— Docteur, fit-il, ayez la gentillesse d'examiner la plaie, dans mon cou. Elle n'arrête pas de saigner. Je vous ai déjà raconté que j'ai été opéré voici quelques jours d'un furoncle. Évidemment, hier, vous avez vainement cherché la trace d'une plaie sous le pansement. Eh bien, regardez, maintenant — la voici ! Un bout d'ouate et une petite compresse ! Très bien, cela suffira... Je reprends mon histoire.

» Ce que je vais vous raconter maintenant doit rester pour toujours strictement entre nous. Seul le vieux Philippe est au courant, personne d'autre ne l'est dans cette maison. Le personnel de remplacement que j'ai engagé hier en toute hâte est déjà congédié et fait ses valises ; ils auront tous quitté la maison d'ici une demi-heure, aucun d'entre eux ne me verra. Quant aux anciens domestiques que j'avais envoyés dans ma propriété de Moravie, je leur ai déjà télégraphié de rentrer. Ils me retrouveront exactement comme ils m'ont quitté. Personne ne saura jamais que j'ai été pendant deux jours un vieillard...

» L'expérience fatale a eu lieu avant-hier, vers quatre

heures de l'après-midi, dans la serre. Je m'attendais à ce qu'Ulam Singh fît quelques difficultés, mais l'enthousiasme que je manifestais, l'intérêt que je prenais à son talent lui procuraient apparemment une telle joie qu'il était prêt à faire tout ce que je lui demandais.

» Lentement, minutieusement comme toujours, il procéda à l'opération qu'il appelait " la purification de l'intérieur ". Je me tenais, pendant ce temps, près de ce petit arbre que vous voyez là-bas, un manguier vieux de quelques semaines à peine. On me l'avait fait parvenir, juste auparavant, depuis Ceylan et Ulam Singh l'avait lui-même replanté le matin dans la serre. Tandis que l'Indien versait sa préparation à base de chanvre sur les charbons incandescents et prenait la position du lotus, je contemplais le manguier, dont les superbes feuilles verdâtres lancéolées ravissaient ma vue. Gretl, qui n'avait aucune idée de mes intentions à son égard, jouait à la corde à sauter, sans se préoccuper de ce qui se passait autour d'elle ; ma fille était seulement incommodée par la fumée dégagée par le chanvre qui se consumait ; elle se mit à tousser et se frotta les yeux. Je regardais pendant ce temps les veines du front d'Ulam Singh, qui commençaient à gonfler. Les premières minutes passèrent sans que j'observasse en moi le moindre changement.

» Le premier effet notable que je constatai fut une petite douleur dans les gencives, disons non pas exactement une douleur, mais plutôt une certaine irritation. Gretl sembla éprouver elle aussi quelque chose de comparable, car je la vis passer sa main à plusieurs reprises sur ses joues. Mais cette impression se dissipa très rapidement chez moi, pour laisser place à un léger picotement sur la peau du visage (j'ai consigné dans mon journal toutes ces observations, ainsi que la chronologie très précise de l'expérience). Aussitôt après, Gretl se plaignit de douleurs dans les pieds. Elle s'assit par terre et retira ses chaussures, ce que je ne m'expliquai autrement que par le fait qu'elles étaient devenues trop petites pour elle. En même temps, je vis que l'un des cordons de son petit tablier était arraché ; un bouton sauta, quelques coutures craquèrent. Il était évident que son corps commençait à se rebeller contre ses vêtements d'enfant.

» C'est alors que se produisirent également chez moi différents phénomènes, dont certains très pénibles : une forte pression au niveau de l'occiput, une douleur sourde dans les reins, accompagnées d'une certaine impression de vide et de lassitude. Je crus soudain sentir dans tous mes membres que j'étais en train de devenir un vieillard. Une angoisse indescriptible me saisit, mais je parvins à la réprimer et me forçai à garder les idées claires : dans une demi-heure, me disais-je, tout sera redevenu comme avant. Cependant, la douleur dans la colonne vertébrale m'obligea à chercher quelque chose sur quoi m'appuyer. Sachant que j'avais derrière moi le petit arbuste du manguier, je m'y adossai avec précaution, persuadé que le tronc flexible allait légèrement plier. Mais je butai au contraire sur quelque chose de dur, de ferme, de massif et me retournai.

» Comment vous dire ma stupéfaction, vous décrire ma réaction devant l'extraordinaire changement qui s'offrait à ma vue ? Sous l'influence du pouvoir magique d'Ulam Singh, le manguier avait grandi autant que j'avais vieilli : un tronc puissant et noueux se dressait devant moi, chargé de fruits gros comme le poing. Une végétation variée s'était développée autour : il était entièrement recouvert de plantes grimpantes qui montaient depuis le sol et s'enroulaient en spirales autour des branches, un lierre à petites fleurs bleues, jaunes et rouge vif... — sous mes yeux se déployait toute la magie de la flore indienne telle que vous l'avez encore vue, hier, docteur, avec ces plantes inconnues dont vous m'avez appris le nom. Une prodigieuse efflorescence qui inonda bientôt toute la serre, devenue une inextricable jungle. J'étais attaqué de partout ! Une végétation en rébellion ! Une fine branche bondit sur moi et m'arracha mon mouchoir des mains. Une énorme plante verte se glissa jusqu'à moi et se déplia devant mes yeux comme une feuille de journal froissée. Un petit bambou hargneux essaya de me piquer au pied, je sentis tout à coup mes genoux noués et enserrés par un volubilis à cymes bleues ; je me penchai pour me dégager ; c'est alors que mon regard tomba sur Gretl.

» Non, pas sur Gretl ! Sur une belle étrangère, que je n'avais jamais vue. Je dois vous avouer, docteur, que j'étais à ce point troublé que je me demandai effectivement pendant un moment ce que cette femme faisait dans ma serre... Qui l'avait fait entrer ? On eût dit que j'avais perdu complètement la mémoire... Mais cela ne dura que l'espace d'une seconde, car la belle étrangère poussa un cri de joie et s'assit par terre sans la moindre gêne, comme le font les petites filles — et à ce geste vif, spontané, je reconnus ma petite Gretl.

» Ravie par le spectacle prodigieux de toute cette flore luxuriante, elle se mit à cueillir avec allégresse une fleur, puis une autre ; c'est alors qu'elle montra de la main une grande fronde de fougère, sur laquelle j'aperçus deux fourmis rouges, presque aussi longues que le doigt. Je me souviens encore de la question qui, aussitôt, me traversa l'esprit : comment cette vermine tropicale pouvait-elle être arrivée jusqu'ici ? Mais je n'eus pas le temps de réfléchir longtemps, car juste à cet instant se produisit quelque chose de terrible.

» Ce n'était au début qu'un petit bruit qui semblait provenir des feuilles du manguier, un frémissement furtif, à peine perceptible ; mais celui-ci se transforma bientôt en un bruissement beaucoup plus distinct, tout près de mon oreille droite, et dont j'ignorais encore, à cet instant, l'origine. Puis il y eut comme un sifflement, bref et perçant.

» Juste au-dessus de la tête de Gretl apparut un tik

paluga. Le reptile le plus venimeux, le plus dangereux de Ceylan dans ma serre ! Au contraire du cobra indien qui, quand il le peut, cherche toujours à fuir et à se dissimuler, le tik paluga attaque aussitôt la moindre créature vivante. Et c'était un exemplaire de cette espèce qui se balançait dans le feuillage du manguier, lové autour d'une branche, pointant sa tête avec un sifflement sauvage vers le visage de Gretl.

» J'allai saisir l'animal et, d'un geste prompt, le mettre hors d'état de nuire — j'avais appris en Inde comment on se débarrasse des serpents —, lorsque je sentis soudain que les forces me manquaient : mes mains tremblaient violemment, des mains de vieillard ! J'appelai Ulam Singh au secours.

» L'Indien m'entendit. Il se leva d'un bond, aperçut le serpent et comprit immédiatement le danger. En un éclair, il saisit le tik paluga par la queue, le fit tournoyer en l'air. J'avais déjà vu faire les indigènes, en Inde, je savais qu'il allait maintenant lâcher la bête étourdie par la rapidité du mouvement et l'empoigner derrière le cou, pour l'empêcher de mordre. Mais Dieu sait ce qui se passa — peut-être Ulam Singh n'avait-il pas attrapé le serpent au bon endroit —, le tik paluga lui glissa entre les doigts, s'enroula autour de son poignet et le mordit au bras.

» Ulam Singh poussa un cri, me fixa un instant sans mot dire et laissa retomber le serpent sur le sol. Je bondis et écrasai la tête de l'animal sous mon pied. Tout ceci s'était déroulé en un éclair. Il ne s'était écoulé que quelques secondes à peine entre le moment où j'avais perçu le sifflement du reptile et celui où il avait mordu. Gretl n'avait rien remarqué et continuait de cueillir des fleurs sur les lianes, tandis qu'Ulam Singh se tordait par terre de douleur.

» Ce n'est que plus tard que je trouvai l'explication de ce qui s'était passé, de la manière dont le serpent avait pu s'introduire dans la serre. L'extraordinaire faculté de l'Indien, “ le pouvoir de la fleur de lotus ” comme il l'appelait, n'avait pas seulement accéléré frénétiquement la croissance du manguier, mais de tous les organismes microscopiques qu'il recelait dans ses feuilles, ses racines et qui avaient fait avec lui le voyage de Ceylan jusqu'ici. Graines portées par le vent des tropiques, larves d'insectes et de reptiles collées sur les feuilles — tout avait éclos sous l'effet du “ padmâsana ”. Le manguier cachait en lui, invisibles à l'œil nu, tous les mystères et les dangers de la forêt tropicale, qui se déployaient maintenant sauvagement et menaçaient d'entraîner notre perte à tous.

» Mais je n'en pris conscience que bien plus tard. Sur le moment, je m'agenouillai auprès d'Ulam Singh et entrepris de lui faire un garrot sur le bras, au-dessus de la morsure.

» — Quelque chose ne va pas, père? entendis-je s'écrier Gretl à côté de moi d'un ton anxieux. Tu n'as pas le même air que d'habitude!

» — Je suis malade, mon enfant, répondis-je.

» Cette explication parut la rassurer. Je sortis mon miroir de poche. Un visage creusé et ridé me fit face, un visage de vieillard. Mes cheveux étaient devenus gris et, à cet instant seulement, je mesurai dans toute son ampleur la terrible tournure prise par l'expérience : tel que je me voyais là, tel je devais rester si Ulam Singh venait à mourir.

» Quelque chose néanmoins, dans mon désespoir, me consolait et me confortait : je ne remarquais aucun changement de mon psychisme. J'étais encore capable, comme auparavant, de penser et de réfléchir sereinement, logiquement. Je constatais avec le plus grand calme que seul mon corps avait vieilli, mais que mon esprit — ma capacité de réaction, de réflexion, de décision — était intact.

» Il était certain que le pouvoir d'Ulam Singh ne s'exerçait que sur l'organisme. De la même manière que dans le corps de femme de Gretl survivait son âme d'enfant de onze ans, mes propres sentiments, mes émotions, mes facultés intellectuelles étaient restés aussi vifs, enfermés simplement dans un corps sénile et décrépit.

» Tandis que j'étais encore agenouillé auprès d'Ulam Singh, j'entendis le vieux Philippe taper et crier à la porte de la serre. Il serait trop long, docteur, de vous raconter combien j'eus de peine à expliquer au vieil homme ce qui s'était passé et que j'étais bien son « bon maître » en personne. Bref, j'y parvins quand même et, au bout de dix minutes, j'avais convaincu Philippe, complètement abattu et bouleversé, de m'apporter ce dont j'avais besoin, en particulier du permanganate de potassium dont j'injectai aussitôt une dose dans le bras d'Ulam Singh.

» Je pus bientôt constater que la piqûre faisait effet. Les convulsions diminuèrent, sans qu'apparût un gonflement des membres ; je pouvais raisonnablement espérer avoir provisoirement réussi à éviter le pire ; il me restait à prévenir un médecin de toute urgence.

» La chose n'était pas aussi simple que je le pensais. Je ne pouvais en effet quitter la serre. Aucun de mes domestiques ne devait m'apercevoir. Philippe les envoya tous dans ma propriété de Moravie — je ne sais quel prétexte il inventa, une épidémie de rougeole dans le voisinage, je crois. Ce n'est que vers six heures du soir, lorsque la maison fut vide, que je pus enfin aller téléphoner. Gretl, entre-temps, avait choisi dans la garde-robe de sa gouvernante française une robe qui lui allait à peu près.

» Je connaissais votre nom dans la mesure où je me souvenais de votre intervention lors du procès Hallasch et du service qu'à cette occasion vous aviez rendu à la police, grâce à votre sérum. Vous me paraissiez le seul auprès de qui je pouvais trouver secours. Je pris donc contact avec votre ami, l'architecte qui a dessiné les plans de cette maison.

» Une heure s'écoula avant que vous arriviez et savez-vous à quoi je l'ai passée ? Je suis allé de chambre en chambre pour cacher ou voiler les miroirs, car il ne fallait pas que Gretl vît ce qui lui était arrivé, qu'elle se rendît compte du crime que j'avais commis sur elle. Je n'en ai oublié qu'un seul, celui de la véranda — vous avez dû me prendre pour un fou lorsque je l'ai détruit sous vos yeux, au moment où Gretl arrivait pour déjeuner... Et cependant, ma fille s'est quand même vue, cette nuit, dans un miroir dont le voile était tombé. Mais elle ne s'est pas reconnue elle-même et a eu peur de l'étrangère. Tout s'est bien terminé, Dieu merci, et je vais pouvoir faire à présent enlever les voiles des miroirs de la maison.

» Je croyais avoir tout prévu, avoir envisagé toutes les éventualités... Certains détails, cependant, m'ont échappé. Lorsque hier vous n'avez pas trouvé de plaie sous mon pansement, je dois dire, docteur, que je suis resté d'abord aussi stupéfait que vous. Il était pourtant évident qu'avec les années la plaie devait se refermer et la cicatrice s'effacer. Elle est maintenant réapparue et je crois que j'ai perdu beaucoup de sang avant que vous renouveliez mon pansement.

» Cela a été pour moi une terrible déception lorsque vous m'avez refusé votre sérum. Il ne me restait plus que le mince espoir de parvenir, avant de mourir, à faire reprendre connaissance à Ulam Singh, afin qu'il achève son expérience. C'est ce que j'étais en train d'essayer de faire lorsque vous m'avez surpris, cette nuit... J'ai échoué lamentablement.

» Une ou deux fois, docteur, j'ai été sur le point de tout vous avouer. Mais au dernier moment, j'ai reculé. Je me suis tu, non par lâcheté ou par crainte de vos reproches. Non ! Il me fallait envisager l'hypothèse où Ulam Singh pouvait mourir sans avoir repris connaissance. J'étais décidé, dans ce cas, à aller me terrer avec Gretl dans quelque coin perdu, comme une bête malade. Personne, ainsi, n'aurait jamais pu connaître notre infortune, pas même vous, docteur, car il n'y a rien de pire que d'être pris en pitié pour un sort dont on est soi-même responsable.

» Voilà, docteur. Vous savez maintenant ce dont nous vous sommes redevables, Gretl et moi. Elle ne doit, quant à elle, jamais savoir... Promettez-le-moi, docteur! Mais taisons-nous, je crois qu'elle vient...

La porte de la serre s'ouvrit brusquement et la baronne entra en sautillant. Melitta Ziegler la suivait.

— Félix! s'écria la comédienne en saisissant les deux mains de son fiancé, te voilà enfin sur pied! Tu m'as fait une belle peur, tu sais! Tu peux dire merci au docteur de t'en être tiré ainsi. C'est un joyeux drille, d'ailleurs, que ton docteur! Tu sais ce qu'il vient de me raconter, juste avant? Qu'il allait se marier avec le petit moineau! Il avait l'air très sérieux, je me suis un peu fâchée...

Le visage du Dr Kircheisen s'empourpra, il baissa la tête.

Le baron remarqua son embarras.

— Gretl! fit-il. Viens faire un baiser au docteur et dis-lui merci! (Il ajouta tout bas, à l'adresse du médecin seulement :) Il m'a sauvé la vie, et à toi ta jeunesse...

Et la petite baronne se dressa sur la pointe des pieds, se grandit autant qu'elle pouvait, arrondit délicatement ses lèvres et donna un baiser au Dr Kircheisen, exactement le même que celui qui, la veille, l'avait doublement empli de fierté et de bonheur, bien que ce ne fût qu'un baiser innocent, comme une petite fille de onze ans embrasse gentiment et bien sagement un compagnon de jeux ou un vieil oncle.

Épilogue

Molènes et narcisses, roses, œillets et myosotis, pensées et résédas fleurirent dans les pots, les parterres et, soigneusement arrosés, embaumèrent pendant quelques semaines avant de se faner, lorsque la saison fut passée. Le jardin du baron était devenu un jardin ordinaire : le vent, le soleil, la pluie et la rosée y avaient recouvré les droits éternels que le jardinier du sanctuaire de Parvati, à Agra, leur avait un court moment enlevés.

Deux jours après la mort d'Ulam Singh, le Dr Kircheisen partit pour Corfou. L'étude intensive de la faune des insectes et des reptiles des îles Ioniennes ne lui laissa pas le loisir de réfléchir trop longtemps à son aventure dans la villa du baron. La passion intense et dévorante qu'il avait vécue s'éteignit peu à peu. Lorsqu'il fut rentré chez lui, à Vienne, il passa plusieurs mois à mettre en ordre et à exploiter tout le matériau scientifique qu'il avait recueilli. Le faire-part du mariage de la comédienne Melitta Ziegler avec le baron von Vogh, qu'il trouva sur son bureau, ne put le distraire que cinq minutes à peine de son travail. Il surprit un jour Bettina, sa gouvernante, en lui annonçant, après avoir feuilleté son carnet, son intention de faire installer une nouvelle cuisine au premier étage et de transformer l'ancienne en une chambre noire; dans sa distraction, il avait totalement oublié avoir consigné dans son carnet — qui ne contenait par ailleurs que de très sérieuses notations touchant à la biologie, l'histologie ou l'embryologie — cette idée extrêmement judicieuse qui lui avait été suggérée par les propos anodins d'une innocente enfant. Il fallut toute l'autorité domestique de Bettina pour dissuader le docteur de ce projet.

Plus tard, il lui fut donné à différentes reprises — bien que cela ne fût pas trop fréquent — de se rappeler sa visite dans la villa de Hietzing. Une carte postale, envoyée par avion depuis quelque contrée d'outre-mer, quelques lignes dans un journal qui parlaient d'une nouvelle ascension réussie par le célèbre alpiniste Félix von Vogh, certains entrefilets, dans la rubrique « Sport et société », qui mentionnaient la présence du baron à telle fête ou tel tournoi d'escrime, convainquirent le médecin que son ancien client était toujours aussi fermement décidé à boire jusqu'à la dernière goutte à la coupe des plaisirs de la vie, qu'un destin funeste et étrange avait failli lui arracher des mains. Mais le Dr Kircheisen ne lui enviait pas tous ces divertissements. Son cabinet de travail, avec sa collection de livres et de préparations, soigneusement étiquetée et classée par ordre alphabétique, lui offrait la même somme de plaisirs terrestres que celle que le baron s'acharnait à conquérir dans une poursuite insatiable, à travers toutes les ivresses et les vertiges de ce monde.

Et cependant il y avait également des moments où le Dr Kircheisen, dans le silence de son existence d'ermite, gardait la nostalgie de cette vie plus riche, plus intense qui s'était presque offerte à lui. C'était à chaque fois que par une belle journée, dans les rues de la vieille ville, il rencontrait la baronne Vogh, se promenant sagement à côté de sa gouvernante, dans une petite robe d'enfant, un cerceau à la main —... cette même petite fille de onze ans qui naguère, pendant toute une journée d'automne, avait été sa fiancée.

Postface

Lorsqu'il publie *Le Miracle du manguier,* en 1916, Leo Perutz est déjà un auteur connu, sinon reconnu, grâce au succès de son premier roman, *La Troisième Balle* (1915). Il écrit ce second livre en collaboration avec l'écrivain viennois Paul Frank (1885-1976). La critique soupçonneuse s'est bien entendu interrogée sur la nature de ce concours. On ne possède à vrai dire que très peu d'informations sur l'exacte répartition des tâches qui s'opéra, si ce n'est, d'après le témoignage de Grete Perutz, que « le manuscrit fit de nombreux allers et retours entre Vienne et le front russe » (son mari participa alors à l'offensive Brussilow, au cours de laquelle il sera grièvement blessé, le 4 juillet 1916). Il paraît cependant acquis que l'essentiel de l'invention revint à Perutz lui-même, qui assura par ailleurs une scrupuleuse révision du manuscrit — Paul Frank envie « son intransigeance, son perfectionnisme, sa manière quasi monacale de travailler ».

« Littérature de distraction » *(Unterhaltungsliteratur)* : ainsi Perutz qualifiait-il lui-même son *Miracle du manguier*. Certes. L'intrigue, conçue à l'origine comme un scénario de film (celui-ci ne devait d'ailleurs voir le jour que beaucoup plus tard, en 1935), ne recule pas devant les concessions à la mode du temps, avec son exotisme tapageur. Il n'empêche que le roman se reconnaît immanquablement comme une fable pérutzienne. Comme toutes les autres histoires du romancier pragois, *Le Miracle du manguier* se présente comme un récit de détection singulier. Les indices, à la différence d'une fiction policière « orthodoxe », ne se rassemblent pas pour désigner finalement un criminel particulier qui endosse et en même temps expie le mal. Leur juste lecture, ici, révèle une culpabilité diffuse : celle d'un père, le « baron fou », à l'égard de sa propre petite fille, dont il voudrait dérober l'image adulte ; celle du détective-médecin, ingénu et pervers à la fois, qui ose désirer une enfant. Personne n'échappe à la faute, même chez les comparses : ni le fidèle serviteur, qui cueille inconsidérément les roses, ni le jardinier hindou, qui, nonobstant ses exercices forcenés de purification, est celui qui a permis le premier sacrilège, le plus lourd, c'est-à-dire le massacre d'un livre... Voici un roman, explicitement, sur l'arbre et le serpent. Mais le péché, ici, a de l'humour, car il se joue entièrement « en miniature » dans la serre tropicale d'un baron viennois. Comme presque toujours chez Leo Perutz, tout ressortit, fondamentalement, à une erreur, un trucage du temps. On dira que, par rapport aux autres romans, *Le Miracle du manguier* demeure en quelque sorte « naïf », dans la mesure où ce trucage se trouve finalement converti en une manipulation, un tour de magie « invraisemblable », comme l'avoue le sous-titre. Alors que, dans *Le Cavalier suédois* ou *Le Tour du cadran* par exemple, le trucage s'opère exclusivement au niveau de l'écriture, sans qu'il soit besoin d'aucune autre béquille instrumentale, d'aucun « miracle ». Perutz nous invite à lire, ici, au second degré. Le ton de la désinvolture habille la même raison que celle qui gouverne *Le Maître du Jugement dernier :* « Jouer avec les indices jusqu'à ce qu'ils apportent la preuve que l'on aurait pu être innocent si le destin en avait décidé autrement. »

J. J. Pollet.

Table

Achevé d'imprimer par Elsnerdruck
à Berlin

N° d'édition : 2831
Dépôt légal : octobre 1997
Imprimé en Allemagne